Schrödinger macskája

A költészet kvantumvilága

Translated to Hungarian from the English version of
Schrödinger's Cat

Devajit Bhuyan

Ukiyoto Publishing

Erwin Schrodingernek, Max Plancknek és Warner Heisenbergnek, a kvantumfizika három testőrének ajánlva

Tartalom

Schrödinger macskája

Bent vagyunk a fekete dobozban, amelyet tér, idő, anyag és energia határol

A tér és az idő területén a szinergiára való átállással vagyunk elfoglalva

Ezenkívül az energiát anyaggá alakítjuk a testzsírok felhalmozódása révén

De a fekete doboz határain belül véget ér az életünk, és minden megnyugszik

Senki sem tudja, mi van a fekete dobozon túl ebben a végtelen galaxisban

Nincs technológia a fizikai ellenőrzéshez, mi van az univerzum peremén

A fekete dobozon túli titok, az ismeretlen hatalom

Kihozhatjuk a Schrödinger macskáját a dobozból

Még akkor sem lesz könnyű és egyszerű kilépni a paradoxonból

Az élet végső igazságának megismeréséhez az embernek mindig nehézségekkel kell szembenéznie.

Az entrópia megöl

Az univerzum entrópiája napról napra növekszik, érzem

De nincs gépünk vagy módszerünk a lassításra

Nincs fizika törvényünk sem, hogy kitaláljunk gépet lefújáshoz

Az igazság ismerete önmagában nem elég, megoldásra van szükségünk

Minden nap előttünk történik nemkívánatos pusztítás

Az entrópia növelése érdekében az emberi populáció havonta növekszik

Az entrópia visszafordíthatatlan folyamata hamarosan a maximumot érheti el

Az emberiség és a legfőbb állat kénytelen lesz a Holdra vándorolni

Ne nevess az idősebb generációkon, nem elég okos műanyag nélkül

Legalábbis a növekvő entrópia jelensége nem volt rusztikus.

Az anyag energia kettőssége

Az anyag és az energia kettőssége nagyon egyszerű

Minden pillanatban csillagok milliárdjai teszik ezt

A galaxisok anyagként jönnek létre

És a galaxisok anyaga energiaként eltűnik

De az összes anyag és energia összege nulla

A kettő között az antianyag és a sötét energia ismeretlen hős

Minden pillanatban az anyaggal és az energiával játszunk

De még mindig messze van egy egyszerű technika feltalálásától

Az idő és a tér területén létünk korlátozott

Az a nap, amikor egyszerű technológiát tanulunk az anyag és az energia átalakítására

Az idő és a tér korlátai nem maradnak végtelenül

Isten Schrödinger dobozában lesz a macskával

Az univerzumot mesterséges intelligens robotok, úgynevezett repülő denevérek irányíthatják.

Párhuzamos univerzumok

A vallás ősidők óta beszél a párhuzamos univerzum létezéséről

A fizika és a tudományos közösség képzeletben és tudatlanságban mondta

Ahogy a fizika mélyebbre megy, és sok természeti jelenséget nem tud megmagyarázni

Most azt mondják, hogy ezek magyarázatára a párhuzamos univerzum egy magyarázat

De az ezer éves gondolatokat a tudósok nem ismerik el

A részecskefizika, a szubatomi fizika maga is filozófiai gondolat

Tudományos kísérletekkel megerősítve, csak évtizedek elteltével

Mégis, a hasonló filozófiát különböző nyelvi formátumokban magyarázzák, elutasítják

Ez a tudományos közösség fekete dobozos gondolkodási szindróma

„Amit nem tudunk, az nem tudás" nem elfogadható a tudományban

Ha egyszer bebizonyosodik, hogy a párhuzamos univerzum ítélőképes, akkor csendben maradnak.

A megfigyelő jelentősége

Amikor az időhorizontban kinyitjuk a Schrödinger szelencét

A dobozban lévő macska élő vagy halott lehet, és ez valószínűség kérdése

Egy kívülről jövő megfigyelő sem tudja magabiztosan megjósolni és megerősíteni

De ha megfigyeljük, a helyzet valószínűleg más lesz

Ezért fontos az eseményhorizont számára a megfigyelő

A kettős rés kísérletben a részecskék eltérően viselkednek, ha megfigyelik

Miért történik a részecskék összegabalyodása, erre nincs magyarázat

Az összegabalyodott részecskék közötti információ gyorsabban mozog, mint a fény

Tehát a jövőben az exobolygóval és az idegenekkel való kommunikáció fényes lesz.

Mesterséges intelligencia

Nincs olyan pumpa, mint a szív, vizet kell pumpálni a kókuszfa tetejére

A gépek nem tudnak mézet gyűjteni a mustárvirágból, mint a méhek

Ugyanabból a talajból a növények édes, savanyú és keserű dolgokat készíthetnek

A mesterséges intelligencia számára más játék lesz a természet gyűrűjében

Ha mindent mesterséges intelligenciával és napenergiával rendelkező robotok csinálnak

Nincs értelme vagy oka annak, hogy az emberek örökké a Földön éljenek

Ez a megfelelő idő az emberek számára, hogy más bolygókra és galaxisokra utazzanak

Meg kell próbálnunk új genetikai kódokat aláírni a halhatatlan testekre

Nem érdekel, hogy a végtelenségig intelligens számítógép alatt éljek

Hadd haljak meg ma önálló gondolkodással, még ha az idő nem is emlékszik.

Ne sértse meg az idődimenziót

A végtelen világegyetemben a fénysebesség túl lassú

Ez biztonsági óvintézkedés lehet a bolygók egyéniségének védelme érdekében

Hogy az idegenek és az emberek ne vegyenek részt gyakori háborúkban

Más civilizációk virágozhatnak milliárd fényévnyi távolságra lévő csillagokban

A fénynél gyorsabb utazás nem biztos, hogy jót tesz a homo sapiens jövőjének

Ne törjük el a sebesség biztonsági szelepét a következmények ismerete nélkül

Az idő dimenziójában lévő alagút fejjel lefelé fordítja majd a civilizációt

Korábban még a Covid19 vakcinával is szembe kellett nézni egy vírussal, ami most egészségügyi pusztítást okoz

Egészséges fiatalember ok nélkül hal ki a nyájunkból

A fele tudás rosszabb, mint a tudatlanság vagy a tudás hiánya

A fénysebesség és az alagút megsértésével a homo sapiens leeshet.

Egyszer volt, hol nem volt

Réges-régen az emberek azt gondolják, hogy a nap kering a nap körül

Este elsüllyed az óceánban, és reggel újra előjön

A Napnak minden reggel engedélyre van szüksége Istentől, hogy kijöjjön

Milyen tudatlanok és tudománytalanok azok a primitív idők emberei

Évmilliókig az emberek nem tudtak atombombát készíteni

Még jó, hogy piramist, emlékműveket, nagy sírokat építettek

Különben nem jutottunk volna el a modern civilizáció idejéhez

A középkorban az emberi civilizáció feledésbe merült volna

Valamikor az Eatherről (éterről) tanították, amelyen keresztül a fény terjed

A tudósok most azt hiszik, túlságosan üregesek voltak az úgynevezett fizikusok

Ma már senki sem ismeri a big-bang, steady-state, több vers vagy húr elméletet, ami igaz

De a steady-state elmélettel, a kozmosznak nincs kezdete vagy vége, a vallások szorosak

A bolygók, csillagok és galaxisok emberként születnek és halnak meg

Az ember számára az idő léptéke és a különböző dimenziók egy másik dolog .

Isten egyenlet

Csak egy halom atom vagyunk, mint bármely más élő és élettelen anyag?

Vagy az atomok kombinációja az emberi testben teljesen más, mint másoké

Csak a különböző atomok kombinációi nem tudják átitatni a tudatot

Az emberrel a robotok és a mesterséges intelligenciával rendelkező számítógépek különböznek egymástól

Egyszer azt mondták nekünk, hogy az atomok a létező legkisebb részecskék

A pozitív proton, a semleges neutron és a negatív elektronok alapvetőek

Most, ahogy egyre mélyebbre megyünk, tudjuk, hogy ez nem igaz

Az alaprészecskék lehetnek fotonok, bozonok vagy csak húrok rezgései

Egyes tudósok szerint ez talán csak az információ számít

Ez a kód szerint kombinálva különböző ábrázolást ad

De a tudatot és eredetét illetően nincs megoldásunk

Örüljünk az almának és a belőle készült bornak

Amíg a tudósok megtalálják az Isten-egyenletet, ahol minden elfér.

Filozófus viták

A filozófusok vitáznak, előbb a tojás, vagy előbb a madár

Mindkét oldal logikája egyformán erős és robusztus

Anyag és energia esetében nincs ilyen vita

Az univerzum az energiából jött létre, ez a valóság

Régi paradigma az energiát sem létrehozni, sem elpusztítani

Az energia-anyag kettősség fogalmát Einstein régen elmondta

Kibontakozik a részecskék anyag- és hullámtermészete is

Túl sok alapvető vagy elemi részecske létezik

Az univerzum véleményének végső építőköveit illetően mindig különbség van

Egyszerűen lehetetlen mindenhatót ketrecbe zárni, mint Schrödinger macskáját

Amíg ketrecbe zárjuk a macskát, együnk, mosolyogjunk, szeressünk és járjunk a jobb halálért.

Tovább és tovább haladok

Az univerzum megállás nélkül tágul

Én is haladok és haladok az utamon

Néha napsütés, néha eső

Néha mennydörgés, néha vihar

De soha nem álltam meg, haladtam tovább és tovább;

Az út mindig nem volt zökkenőmentes és könnyű

A lábujjaimban megakadt töviseket eltávolítottam magamból

Ahol nem volt híd a folyón való átkeléshez

Megépítettem a saját csónakomat és átkeltem rajta

De soha nem álltam meg, haladtam tovább és tovább;

Néha a legsötétebb éjszakában elvesztettem az irányt

Mégis, a szentjánosbogarak megmutatták az utat a továbblépéshez

A csúszós úton többször elestem

Gyorsan felállok, és a villogó csillagokra nézek

De soha nem álltam meg, hanem haladtam tovább és tovább;

Soha nem próbáltam megmérni a megtett távolságot

A nyereség és veszteség kiszámítása nélkül mindig előre haladt

Nem várunk bátorítást a szemlélődőktől

Soha nem vesztegetett időt álló emberekkel, baklövésekkel

Már régen rájöttem, hogy az életben semmi sem állandó, az utazás a jutalom.

Isten és a fizika játéka

A gravitáció, az elektromágnesesség, az erős és gyenge nukleáris erők alapvetőek

Ez az oka annak, hogy az univerzum dinamikus és nem áll vagy statikus

Anyag, energia, tér és idő ebben a négy dimenzióban az alkotó játszik

Vannak még felfedezetlen dimenziók is, mondják a tudósok

A sötét energia és viselkedés létezésének oka még mindig ismeretlen

Bár az emberi agy azonos, mindegyik tudata más

Az univerzum és Isten létezéséhez a tudat fontos

A kvantumösszefonódás nem követi a maximális sebességkorlátozást

Időutazás és utazás más galaxisokba, összefonódási engedély

Ahogy egyre mélyebbre megyünk, egyre több kérdés merül fel

A fizika és Isten játéka igazán mulatságos és szórakoztató.

Volt egyszer egy Telex nevű gép

Egy napon az új generáció kételkedik, volt PCO egy telefonhíváshoz

A telex és fax, bár használtuk, most meglepődtünk

Az Internet Cafe a szemünk láttára halt ki, minden észrevétel nélkül

De a kávézó előtt kolduló szegény ember még mindig létezik

Hatalmas hangdobozok kazettás és CD-lejátszókból, amelyeket most otthon hagytak

De a hangdobozok és a hangosító rendszerek kibírják az időt

Pedig a kommunikáció szempontjából az internet, a közösségi média a legfontosabb

A technológia mindig a jobb holnapot és az élet javítását szolgálja

De nem csökkentheti a férj és feleség közötti válások számát

Még a modern civilizáció csúcspontján is létezik szegénység és éhezés

Sok országban sok ember gondolkodásmódja irracionális és rasszista

A fizikának és a technológiának nincs válasza arra, hogyan állítsuk meg a háborút és a bűnözést

A technológia fejlesztése a békés világ érdekében és a testvériség javítása a legfontosabb.

Az elmém

Az eszem soha nem engedte meg, hogy féltékeny legyek

Az eszem soha nem engedte meg, hogy érzéketlen legyek

A harag és a gyűlölet nem az én csésze teám

Jobb, ha magányban maradok a tenger közelében

Mindig jobban szeretem a békét és a nyugalmat

Veszekedés helyett a testvériség jobb

Az erőszaktól mindig igyekszem távol maradni

Az igazságért és az őszinteségért kész vagyok fizetni

Korrupt emberek, próbálok távol tartani magam

Sok szorongástól és feszültségtől szenvedek

A környezet védelmére nincs megoldásom

A háború és a környezetszennyezés depressziót okoz

Az emberiség mentális egészsége romlásban van.

Ha a Multiverzum igaz

Ha igaz a multiverzum és a párhuzamos univerzum elmélete

Akkor van egy nyom az ember földi létezésére

A legfejlettebb civilizáció börtönként használhatta a Földet

Az ember a legkegyetlenebb állat, ez lehet az oka

A jó civilizáció rossz elemei a világba kerültek

A fejlett civilizáció ekkor megszabadult a rossz és gonosz hajtástól

Az emberek a földön maradtak a dzsungelben majmokkal

Mindenféle eszköz és kellék nélkül a rossz emberek újrakezdték az életet

Az első generáció halála után a régi információk felbomlanak

A világ újszülöttjének újra kell kezdenie életproblémáit

Pedig a civilizáció sokat mozgott és fejlődött

A rossz emberek és bűnözők DNS-ével az emberi társadalom még mindig rothad

A fejlett civilizáció soha nem engedi, hogy az ember elérje őket

Tudják, a régi ősök rossz DNS-e ismét megpróbálja elpusztítani a kormányt.

Súrlódás

Nagyon kevesen tudják, hogy a súrlódási együttható mew

Súrlódás nélkül ezen a bolygón az élet nem tud megújulni

Az élet létrejötte a férfi és női szervek súrlódásával kezdődik

A súrlódáson keresztül az újszülöttek síró szlogenekkel jönnek

Súrlódás nélkül a tűz nem mutathatná ki lángját

A tűz megváltoztatta az egész emberi civilizációs játékot

A kerekek nem mozoghatnak előre súrlódási erő nélkül

A gyorsan mozgó jármű megállításához a súrlódás az elsődleges forrás

Ha nincs súrlódás, a jumbo jet nem áll meg a kifutón

Vegye fel a vadászrepülőgépek bombázni városok lesz messze

Az elme súrlódása számos eposz létrehozásához vezet

A gravitációhoz hasonlóan a súrlódás is alapvető természetes erő

Az ego súrlódása veszélyes és nagy háborúhoz vezet

Ez nagy veszélybe sodorhatja az emberi civilizációt

A súrlódás jó és rossz, felhasználásától függően

Súrlódás nélkül az élet a bolygón kihal, a Földet senki sem tudja használni.

Amit tudunk, az semmi

Amit a fizika tud, az csak a jéghegy csúcsa

Amit a fizika nem tud, az az igazi fizika

A sötét energia és a sötét anyag szabályozza a tényleges dinamikát

Amit az anyagról, az energiáról és az időről tudunk, az alapvető

A kozmosz határa ismeretlen és megtévesztő

Nem ismert, hogy az antianyag és a párhuzamos univerzum valódi-e

Több ezer évvel ezelőtt a multiverzum fogalmát lerobbantották

A Big-Bang előtt is léteztek galaxisok, ma már tudjuk

A fizika fejlődése nagyon gyors, de az idő terén lassú

Az univerzum gyorsabban tágul, mint a tudásunk

El kell ismernünk, hogy nagyon keveset tudunk az univerzumról és annak hatalmasságáról.

Az igazság jó napjai jönnek

Amikor képesek leszünk a fénynél gyorsabban utazni

Az emberi civilizáció jövője fényes lesz

Egy több milliárd fényévnyire lévő távoli bolygóról

Könnyen megmondhatjuk, hogy mi történt a múltban

Feltárul Buddha, Jézus és Mohamed igaz története

A vallási tankönyvekben semmi hamisság nem érvényesül

Az igazsághoz vezető utak a jövőben szilárdak lesznek, és a hazugság soha nem fog kitartani

Az igazság, a bizalom és az elkötelezettség útját az emberek fenntartják

A rossz embereket és a bűnözőket, a világkormány fogva tartja

A több milliárd fényévnyire lévő börtönbe deportálják őket.

Differenciálás és integráció

Amikor különbséget teszünk az emberek között

Végre megkapjuk, hogy a majom gyümölcsöt eszik a fákon

De amikor a primitív embert integráljuk tovább és tovább

Végre megkapjuk Buddhát, Jézust és Einsteint

Tehát az integráció fontosabb, mint a differenciálás

Az integráció az igazság és a problémák megoldásához vezető út

A differenciálódás visszafelé mozgás, majd pusztulás

Az emberi gén ismeri a legalkalmasabbak természetes kiválasztódását

Mégis, a felsőbbrendűség és a természetellenes győzelem érdekében a legkegyetlenebbekké válnak

A természettel való manipuláció természetellenes folyamatokon keresztül nem etikus

A hosszú távú fenntarthatóság szempontjából is szeszélyes a természetes folyamatok felgyorsítása.

Eagle In Starvation

Az állatvilág szenved az emberi intelligencia miatt

A mesterséges intelligencia bumeránggal járhat, és létrehozhatja a Frankensteint

Az ember saját teremtményének rabjává válhat, hogy jobb életet keressen

A mesterséges intelligenciával rendelkező robot veszélyes késsé válhat

Milyen ember élne úgy háromszáz évig, mint egy teknős?

Több lesz a természet pusztítása és a nem kívánt zaj

Csak az evés és az idő múlása a digitális virtuális világban értelmetlen

Jobb meghalni és digitális adatként élni a neten, mint jeleket

Ha valamilyen fejlett civilizáció felfogja a jeleket és dekódolja azokat

Kutatásukhoz és fejlesztéseikhez agyadataink is beleférnek

A géntechnológia ugyanolyan veszélyes lehet, mint a mesterséges intelligencia

A Covid19-nél nagyobb katasztrófa kisebb hanyagság miatt kipusztíthatja az embereket

De az emberi agy és elme nem áll meg anélkül, hogy ne néznénk szembe a helyzettel

Az emberi elme-agy mindig hajlamos repülni, mint egy sas az éhezésben.

Ahogy öregszünk

Az élet útján, ahogy öregszünk és öregszünk

Sok mindent ki kell törölni az élet mappájából

Az életút a legjobb tanítómester, és bölcsebbé tesz minket

De a felesleges terheket cipelve vállunk gyengül

A múltbeli információk többségének nincs értéke

Tehát jobb törölni és felfrissíteni az elmét

A megváltozott forgatókönyvben új dolgokat kell találnunk

Ahelyett, hogy kritizálnánk az embereket, inkább kedvesnek kell lennünk

Minden nap, amikor a halál felé haladunk, ez a valóság

Időt és energiát vesztegetni vitákra csak hiábavalóság

Tapasztalatokon keresztül, ha nem tanulunk bölcsességet

A halál pillanatában elhagyunk egy terméketlen királyságot

Hamarabb ráébredünk az élet valóságára és az utazás bizonytalanságára

Elkerülhetjük a tornával kapcsolatos felesleges veszekedéseket és aggodalmakat

A mosoly és a nevetés fontosabb, amikor megöregszünk

Sok új lehetőség, a mosolyok könnyen kibontakozhatnak

Ellenkező esetben a történetünk feledésbe merül, és elmeséletlen marad

Minden idős és bölcs ember felismeri, hogy nincs múlt és jövő

Aki hamar rájön, elkerülheti az élet nemkívánatos kínzását.

Felejtsd el az ember alkotta osztályt

Nem számít, hogy magányos bolygón vagy multiverzumban élünk

Évmilliárdok alatt az élet megjelent ezen a bolygón, és virágzott

A civilizáció jött, és a civilizáció eltűnt a saját hibái miatt

De most a globális felmelegedés miatt az egész bolygó bajban van

Hacsak a legfelsőbb állat nem veszi észre ezt hamarosan, minden összeomlik

Bár a pontos lefolyást és a végítélet napját senki sem tudja megjósolni

Ha nem érzünk szívből és nem cselekszünk, hamarabb lesz holokauszt

A multiverzum bolygók kutatása mellett a futótüzek eloltása is fontos

Ha a környezeti összeomlás gyorsan halad, a technológia tehetetlen lesz

A távoli horizontot tekintve az emberiség nem veszítheti el legközelebbi látásmódját

A bolygó megmentése érdekében legyen proaktív, és felejtse el az ember alkotta megosztottságot.

A felhőalapú számítástechnika láthatatlanná tette

Felhőalapú számítástechnika kvantumszámítógéppel

Mégis, ugyanaz a helyi szállító szállítja

Régi, rozoga szállítókocsijával jött

Ha portálokról kártyás anyagokat veszünk, jól érezzük magunkat

Korábban a telefonunkon keresztül hívtuk, ami nem volt okos

Amikor megrendeljük, jó reggelt és mosolyogva indul

Tollal és ceruzával felírta a tételek listáját

Bármilyen zavar volt, azonnal visszahívott javításért

Most már csak a felhőipari cég kezelési és kézbesítési ügynöke

Vevőivel elvesztette a kommunikációt és a harmóniát

A technológia csupán egy robotszerű szállítógépet csinált belőle

Régi vásárlói és látogatói számára ő csak láthatatlan kapcsolat.

Virtuálisak vagyunk

Jól hangzik, nem valódi, hanem virtuális dolgok vagyunk

Amit látunk, érzünk és hallunk, az mind háromdimenziós hologram

Csak az információ és az adatok tárolódnak a magokban és a spermiumokban

Mindent kvantumrészecskék programoznak egy kifejezésre

Érzékszerveink nincsenek arra programozva, hogy lássanak protont, neutront vagy elektront

Szerveink sem arra vannak programozva, hogy lássák a levegőt, a baktériumokat és a vírusokat

Amit a szerveinken keresztül nem érezhetünk, az létezik, csak virtuális

A végtelen univerzumban szintén nem valóságosak vagyunk, hanem virtuálisak mások számára

A hologram olyan tökéletesen van programozva, hogy azt hisszük, valódiak vagyunk

Ugyanígy érezzük magunkat, amikor virtuális játékot játszunk ismeretlen játékosokkal

Életünk virtuális valósága számunkra a tényleges valóság

A hologram korlátozott intelligencia pontos

Évmilliárdok kell ahhoz, hogy az emberi intelligencia kibontakozzon az univerzumban

Addigra az univerzum fordítva kezdheti meg az utazást.

Az Élet Tudata

Az élettudat a DNS, az oktatás, a hit és a tapasztalat kombinációja

Az emberi tudat magasabb intelligenciát és kíváncsiságot ad az embernek

Az állatvilág ugyanolyan szintű intelligenciában és aktivitásban ragadt a túlélés érdekében

Az állatok megmentése a baktériumok és vírusok által okozott betegségektől, emberi tevékenységet végeznek

Az állatok sebezhetőbbek a betegségek és a halálozás természetes folyamataival szemben

Az állatfajok csak a természetes immunitás és szaporodás révén maradnak életben

Miután kihalt a Földről, soha egyetlen faj sem éledt újra automatikusan

Senki sem tudja, hogyan és miért jutottak magasabb tudatossághoz az emberi lények

Az oktatás, a képzés és a kíváncsiság tette lehetővé az emberi civilizáció fejlődését

A hangyák és a méhek ugyanazok maradnak, mint ötezer évvel ezelőtt

Bár fegyelmüket, elhivatottságukat és társadalmi integritásukat az ember igyekszik követni

Minden élőlény tudata más és egyedi

Az élőlények sokfélesége kvantumösszefonódással integrálható

A vallás azt hiszi, hogy minden összefonódik Istennel

A tudománynak nincs olyan hangulata, hogy az összefonódást a szupertudat részeként fogadja el.

A macska élve jött ki

A macska élve és egészségesen került ki a dobozból

Az eseményen jelen lévő tudósok folyamatosan tapsoltak

Látva, hogy túl sok ember tapsolt, a macska hirtelen eltűnt

A macska felezési ideje és a radioaktív anyag mentette meg a macskát

A bizonytalansági elv életmentésben működött, lehet fogadni

Ötvenötven az esélye annak, hogy Isten megmenti a macska életét

Ez maga is a Heisenberg-féle bizonytalanság elve

Bár Stephen Hawking azt mondta, Istennek nincs szerepe a világ megteremtésében

De az élet és az események bizonytalanságára, Isten jelenlétére az emberi elme kibontakozik

Hacsak nem zárjuk ketrecbe a macskát, és nem jósoljuk meg tökéletesen a jövőjét

A tudomány nem fogja tudni ketrecbe zárni Istent és a természet bizonytalanságát.

Nagy Barrier

A fókusz a túlélés alapvető ösztöne

Egy vadász nem tudja megölni az imáját összpontosítás nélkül

A krikettjátékosok a labdára és az ütőre összpontosítanak

A labdarúgók a labdára és a hálóra koncentrálnak

A mindennapi életben az összpontosítás nem nehéz feladat

Azok, akik elsajátítják a művészetet, gyorsan fejlődnek

Egy fiatal fiú könnyen tud egy gyönyörű lányra összpontosítani

De nehéz differenciálegyenletet levezetni

A matematika elsajátításához a fókusz a megoldás

A fókusz koncentrálhatja a napfényt, hogy tüzet gyújtson egy papíron

A gyakorlás tökéletessé teszi a fókuszt, és okosabbá teszi az eredményeket

Az életben nagy akadályt jelent az, hogy nem tud koncentrálni és összpontosítani.

Az élet nem rózsaágy, hanem napsütés

Álmodunk, remélünk és azt várjuk, hogy az élet rózsaágy legyen

Az út, amelyen haladunk, legyen sima és aranyszínű

De a valóság teljesen más, összetett és illúzió

Létünk az atom instabilitásának köszönhető

Ahhoz, hogy molekulákká váljanak, minden pillanatban egyesülnek

a bizonytalanság minden séta során életünk velejárója

A rózsaágyás csak a mesékben lehetséges

Életünk rögös utakon kénytelen haladni

A piros fény a leginkább nem megfelelő időpontban növekedhet

Ha megpróbálunk sietni, az ismeretlen erők bírságot szabnak ki

Még az élet bizonytalanságában is van napsütés

Az életút tele van lehetőségekkel, sikerekkel, a képességeid határozzák meg.

Legfelsőbb Állat

Nagy kérdés, hogy milyen lesz az élet a párhuzamos univerzumban

Hacsak az ember nem képes teleportálni, nincs tökéletes megoldás

Egyelőre nem találjuk egy eltűnt malajziai járat pontos helyét

Nem helyes elmondani a pontos életformát az exobolygó meglátogatása nélkül

Bármit is mondanak a tudósok, az hipnózis marad, amíg meg nem látogatjuk őket

Életükben és a fizikai dolgok irányításában más birodalmak létezhetnek

Persze lehet, hogy nem járnak fejjel, és nem esznek át a seggfejen

De közelről való megfigyelés nélkül a valóság soha nem fog kibontakozni

A párhuzamos univerzum előrehaladott lényei valamilyen folyadék alatt élhetnek

A gyerekmesék sellő életlényei uralkodhatnak ott

Ritka az esély, hogy a Földtől a jeleken keresztül mindent megtudjunk

Hacsak nem fedezzük fel a végtelen kozmosz minden zugát és zugát

A világegyetem uralkodói emberi lényekre hivatkozva olyan hipotézis, mint a moha.

Ó, tudósok, kedves tudósok!

Az univerzum gyönyörűen szőtt és tökéletes

Az élet és a halál része ennek a szép körforgásnak

Ne tedd az embereket halhatatlanná géntechnológiával

Az ember már tönkretette a Föld ökológiai egyensúlyát

Az élőlények biológiai sokfélesége elválaszthatatlan része

Évmilliárdok teltek el, és nagyon lassú az evolúció

A dinoszauruszok kihalása és még sok más miatt

Az emberi élet most virágzik ezen a magányos bolygón

A halhatatlanság előtt a genetika és a mesterséges intelligencia révén

A rák és a genetikai betegségek gyógyítása fontosabb

Több ezer évvel ezelőtt a bölcsek megpróbálták a halhatatlanságot

De feladta a kísérletet, rájött annak veszélyeire és hiábavalóságára

Ha az emberi lények halhatatlanná válnak, mi lesz más életekkel

Ugyanilyen fájdalmasak lesznek a háziállatok halálával járó gyakori trauma

Hosszú távon, gondolkodásmód megváltoztatása nélkül, a halhatatlanság káros lesz.

Emberi érzelmek és kvantumfizika

A szeretet és a hit nem követi a logikát

Az emberi élet számára mindkettő alapvető

Életünkben nagyon fontos a zene

Az érzékek a génen keresztül jönnek létre

De az élethez az atomok kombinációja szerves

Az alapvető részecskék valójában alapvetőek, vitatható

A húrelmélet azt mondja, hogy a rezgés a tényleges forma

A kvantumösszefonódás valóban kísérteties dolog

A kvantummechanika új lehetőségeket kínál

Mégis, az emberi érzelmeket és tudatot másként énekeljük.

Mi lesz az eredetiséggel és a tudatossággal?

Ebben a világban talán nincs semmi célom vagy okom

Lehet, hogy szimulált életet élek egy virtuális börtönben

De megvan a saját tudatosságom és eredetiségem

Már a mesterséges intelligencia is megsértette a gondolkodási folyamatomat

Gondolkodásom eredetiségében stagnálás és visszaesés van

Ha az intelligenciám és a tudatom alárendeltté válik

Minden bizonnyal elveszítem a tudatos koordináta pozíciómat

Már elege van egy céltalan, iránytalan bolygón élni

Egyetlen tudomány vagy filozófia sem tudja megmagyarázni, hogy miért, milyen céllal jöttünk

Önkényes vízió, küldetés és cél, azt kell feltételeznünk

Mesterséges intelligenciával és halhatatlansággal ezek is hiábavalók lesznek

Nem tudom, mi lesz az élet meghatározása, ha az élet nem marad törékeny.

Amikor az Univerzum Tágulása véget ér

A világegyetem tágulása végtelenül folytatódik?

Vagy egy napon hirtelen abbahagyja a terjeszkedést

Az idő elveszti-e előre mozgását és megtorpan

Vagy a lendület miatt elkezd tolatni az ellenkező irányba

Milyen vicces lesz az élet a Földön az emberi lények számára

Az emberek öregemberként születnek a hamvasztásos területen

A tűzről a család és a barátok fogadják őket

A bánat helye helyett a temető lesz az ünneplés helye

Az idősek lassanként egyre fiatalabbak lesznek

Egy napon ismét spermiumokká válnak, és az anyaméhben örökre eltűnnek

Az összes bolygó és csillag ismét egy szingularitássá egyesül

De akkor nem lesz fizika, és nem lesz idő elmagyarázni minden pofátlanságot.

Újratervezés

A természet folyamatos tervezést és újratervezést végez

Ez a teremtés és a természet beépített folyamata

Még az evolúció folyamatában is létfontosságú a jobb fajok számára

Újratervezés nélkül nem jöhet létre a legjobb termék

Tehát a fejlődéshez és a legjobb fejlesztéshez az újratervezés elengedhetetlen

Az emberi agy is folyamatosan újratervezi a gondolkodási folyamatot

Tanulunk, nem tanulunk és újra tanulunk, amikor az igazság megállapításra kerül

Amíg a legjobbat produkáljuk vagy meg nem találjuk az igazságot, az újratervezés folytatódik

A természet így érte el a legjobb dinamikus egyensúlyt

Az újratervezés és az evolúció folyamatos, mint egy inga.

Higgs Boson, Az Isten részecske

Amikor felfedezték, Higgs Boson túlságosan felizgatta a tudós közösséget

Mégis a világon Isten és küldöttei ilyenek maradtak

Istenben és a prófétákban az emberek még mindig végtelenül hisznek és bíznak;

Az alapvető részecskék az idők kezdete óta a helyükön vannak

Tehát a hívők számára, függetlenül a Higgs-bozon felfedezésétől, minden ugyanaz

A világháború és Nagaszaki bombázása a hívő ember azt hiszi, hogy ez Isten örök játéka

A hitetlen azzal érvel, hogy Istentől függetlenül, vagy Isten nélkül, a bomba lángot teremtett volna

A világháborúért és a pusztulásért az emberi ego és hozzáállás a hibás

A hívők annyi nevet adtak Istennek a világ különböző részein

A tudósok azonban kibontakoznak a Higgs-bozon egyetlen névvel.

Az öreg és a kvantumösszefonódás

Hála Istennek, hal volt, nem krokodil, Godzilla vagy anakonda

Ez lehetséges lett volna a kvantumvalószínűség és az összefonódás alapján

A bizonytalanság elve akkor az öreget gyomorba ejtette volna

A csónakja túl kicsi és törékeny volt ahhoz, hogy túlélje a bizonytalanságot

Hemingway regénye nyerte el a díjat, mert hal volt, és kreativitásáért

A bizonytalanság és a kvantumösszefonódás azonban halálba taszította a díjazottat

Még az istenrészecske felfedezése után is ezen a bolygón a halál a végső igazság

Számos civilizáció feledésbe merült anélkül, hogy még a gravitációt és a relativitáselméletet is ismerte volna

Az emberek most csendben használnak kvantumkütyüket, anélkül, hogy tudnák az összefonódásról

A tudásszint, a tudás és a nem tudás a különbség a civilizációk között

A féltudás és a biointelligencia szintén a pusztulás felé terelheti az emberi fajt.

Mit fognak tenni az emberek?

Több mint nyolcmilliárd homo-sapiensre van szükség a Földön?

Már a harmadik világ országai is túlzsúfoltak félírókkal

Senki sem tud kényelmesen sétálni, kerékpározni, vezetni vagy mozogni az ázsiai városokban

Napról napra nőtt a szakadék a volt és a nem között

A vallás nevében, fiatal munkaerő létrehozása, születésszabályozás nélkül

Munkanélküliség, csalódás és frusztráció körülötte

A digitális hiányosságok egy részét arra késztették, hogy embertelen körülmények között éljen

A hátrányos helyzetűek számára az élet a sorsot jelenti, és Isten kegyelméért imádkozni

A reménytelen fiatalok körében a megnövekedett öngyilkosság a csúcson van

Most a mesterséges intelligenciával egyre több munkahelyet szüntetünk meg

A mezőgazdaságban is az emberek lassan elvesztik a reményt a jobb jövő iránt

Hogy mit fognak tenni a tétlen és munkanélküliek a világon, nem igazságtalan kérdezni.

Téridő

Az idő relatív, már megállapított tény és valóság

A tér végtelen, az univerzum minden ellenállás nélkül tágul

A tér-idő viszonyban a gravitációs erő is fontos,

A fénysebesség az idő gátja, és ekkor az idő megállhat

A tér-idő, az anyag-energia, a gravitáció-elektromágnesesség egész koncepciója kisiklhat,

Newtontól Einsteinig nagy ugrás volt a fizika tanulmányozásában

A kvantumösszefonódás sok alapvet megváltoztat,

Az időutazás és a teleportáció már nem a sci-fi története

A mesterséges intelligencia hamarosan új irányt fog mutatni ezekre

Az emberek hamarosan találkozhatnak Jézussal és Buddhával az időutazás során a vakáció során.

Az instabil Univerzum

Az ősrobbanás után az elemi részecskék felkavarodnak

A robbanásból származó energiával telve izgatottak

A születőben lévő részecskék instabilak, és nem tudnak sokáig életben maradni

Tehát a proton, a neutron és az elektron egyesülésével létrejöttek

Együtt létrehoztak egy mini naprendszert atomokból, hogy stabillá váljon

De ahhoz, hogy stabilak maradjanak, az újonnan képződött atomok többsége képtelen volt

Az atomok különböző arányban egyesültek és molekulákká váltak

Az ügyekkel a naprendszer dinamikusan stabillá vált

Évmilliókig tartott, mire az atomok biomolekulákat alkottak

Szén, hidrogén, oxigén, nitrogén, vas tette lehetővé a biológiai életet

Ennek ellenére nem vagyunk biztosak benne, valójában atomok vagy rezgő hullámok kombinációi vagyunk

Az alapvető részecskék a valóságban lehetnek Isten húrjának rezgései.

A relativitáselmélet

A relativitáselmélet a természet sajátja, amikor a galaxisokat
létrehozták

Az ősrobbanás előtt és utána is mindig létezett a relativitáselmélet

Az univerzumban és a valóságban semmi sem abszolút és állandó

A tudomány, a filozófia és a pszichológia elméletei néha
ellentmondásosak

A valóság és a relativitás jelenléte meglétéhez fontos a megfigyelő

Az emberek régóta ismerték a relativitáselméletet nem matematikai
formátumban

Az egyenes vonal érintés nélküli lerövidítésének története nem fiatal

A vallási szövegek és a filozófia eltérően magyarázta a relativitást

Einstein az emberiségre és a tudományra fogalmazta meg, egyenletek
és matematikai értelemben

Az élet, a halál, a jelen, a múlt, a jövő mind relatív és emberi
ösztönből ismert

Az emberi agy és a civilizáció relativitáselmélete alapvető tényező.

Mi az idő

Valóban létezik az idő az emberi élet területén?

Vagy ez csupán az emberi agy illúziója a valóság megértéséhez?

Létezik-e fénysebességgel mozgó időnyíl?

Vagy a múlt, a jelen és a jövő csak a létezés magyarázatára szolgáló fogalom?

A kozmoszban nincs egységes idő, és az idő mindenhol relatív

Az anyag és az energia csak a valódi értelemben megnyilvánuló valóság

A kétely mindig az időről, a lélekről és Isten létezéséről szól

Az időmérés tetszőleges lehet, mint a hossz és a súly mértékegysége

Lehet, hogy a múltból a jelenbe a jövőbe mutató idő nyila nem megfelelő

Az idő csak egy mértékegység az anyag-energia átalakulás, a növekedés és a bomlás mérésére

Mi az idő, megerősítéssel még a tudós tudósok sem tudják megmondani.

Nagyban gondolkodni

Az emberek azt mondják, gondolkozz nagyban, gondolkodj nagyban, nagy leszel

De ahogy nagyobbra, nagyobbra és nagyobbra gondolok, elképesztően kicsivé válok

A relativisztikus világban a létezésem jelentéktelenné válik

Még jelentéktelen is vagyok a helyemen, ez az élet valósága

Városomban, kerületemben, államomban és hazámban a jelentéktelenség fokozódik

Ha világszinten látok, a létezésemből még semmi sem lesz

A Naprendszerben, a galaxisban, a Tejútban és a kozmoszban, mi vagyok, nincs válasz

Az egyetlen valóság az, hogy élek, és ma is az otthonomban élek a családdal

Nincs érték, nincs jelentősége, nincs szükség sem a világ, sem az emberiség számára

Az életnek nevezett egyirányú hiábavaló utat a magam módján meg kell találnom

Amikor befejezem az utamat, az emberek továbbra is mozogni fognak a testem felett

Olyan kicsik vagyunk, és láthatatlanok nyolcmilliárd között, hogy mit mondjak büszkén.

A természet árat fizetett saját evolúciós folyamatáért

A természet súlyos árat fizetett az evolúciós folyamatért

A homo-sapiens megjelenéséig az állatok számára semmi sem volt illúzió

A fák, az élő birodalom boldogan éltek anélkül, hogy bármiféle megoldást kerestek volna

Elégedettségük volt, ha elegendő élelemhez, jó vízhez és levegőhöz jutottak

Az ökológiai egyensúly beleszól a folyamatba, és nincs pénzügylet;

Az ember érkezése az evolúció folyamatába mindent megváltoztatott

A természetnek minden pillanatban meg kell küzdenie, hogy megőrizze magját és egyensúlyát

Az ember megváltoztatta a dombokat, folyókat, öblöket, strandokat, partvonalakat a kényelem érdekében

De hogy az anyatermészet egyensúlyban tartsa az evolúcióját, soha ne támogassa

A civilizáció és a haladás nevében az ember mindent eltorzít a természetben.

A Föld napja

A Föld bolygó gyönyörű, nem azért, mert szénből, hidrogénből és oxigénből áll

A természet evolúciója és intelligenciája miatt gyönyörű

Az élet létrejötte az apró atomokból még mindig nagy rejtély

Senki sem tudja, hogy az élet csak ezen a galaxisbolygón jelenség

Vagy az élet máshonnan érkezett erre a bolygóra örökletesen

Az élet szépsége sokszínűségében és ökoszisztémájában rejlik

A törékeny egyensúly ember általi megsemmisítése látható és nem ritkán

Az emberi lények azt gondolják, hogy intelligenciájának köszönhetően a föld a hűbérbirtoka

Más fajokkal való együttéléshez a homo-sapiensnek nincs bölcsessége

A Föld napjának néhány órás megünneplése az emberi szem mosása és véletlenszerű cselekvés.

A könyv világnapja

A nyomdagép áttörést jelentő találmány volt

Akkora, mint a számítógép, az okostelefon és az internet

A sajtó az ismeretek terjesztésével megváltoztatta a civilizáció menetét

A könyvek olyan hordozók voltak, mint az internet a modern időkben

A könyvek létfontosságú szerepet játszottak a tudás terjesztésében, mint a napsugarak;

Az új technológiák óriási nyomást gyakorolnak a könyvekre

A könyvek azonban ellenállnak minden audiovizuális médium támadásának

A huszonegyedik században is a könyvek birtokprémium

A könyvek jelentősége a digitális formátumra és a mesterséges intelligenciára vezethető vissza

De a civilizáció és a tudás fejlődése során a könyvek megtartják pozíciójukat.

Legyünk boldogok az átalakulásban

Amikor a Nap elsötétül, és a magfúzió örökre véget ér

Mit fognak csinálni a mesterséges intelligencia lényei a Földön

Hanyatlásuk és bukásuk is automatikusan megindul

Hogyan töltik az AI-lények az akkumulátoraikat napenergia nélkül?

Hogy kevés pénzt kapjanak, úgy futnak, mint egy utcai kutya, és éhesek lesznek

Az emberi lények kihalhatnak, jóval a nap elsötétülése előtt

A mesterséges intelligencia lényeinek egyedül kell szembenézniük a jelenséggel és gúnyolódniuk;

Ha néhány nagy aszteroida eléri a földet, mielőtt a nap elhalványul

A pusztulás együtt fog megtörténni, ember, MI és minden élőlény

Az AI-lények túlélése az aszteroida becsapódása után szintén távoli

A természet a saját pályáján keresztül ismét igénybe veszi

Az evolúció során ismét új élőlények jönnek létre

Egy jobb új világ érdekében minden bizonnyal ez lesz a természet legjobb megoldása

Amíg ezek a dolgok meg nem történnek, élvezzük és legyünk boldogok az átmenetben.

A megfigyelő fontos

A kvantumösszefonódásban a megfigyelő a legfontosabb

A kettős rés kísérlet azt mutatta, hogy az elektronok eltérően viselkednek, ha megfigyelték őket

A relativisztikus és kvantumvilágban megfigyelő nélkül nincs értelme az eseménynek

Tehát légy a megfigyelő és érezd a létezést és a valóságot, én vagyok a középpont számomra

Ugyanez vonatkozik a fajra és a rovarokra is

Az én tudatom nélkül lényegtelen, hogy az univerzum létezik-e vagy sem

Tudattalan ember, bár él, semmi értelmeset nem tudunk kipróbálni

A kvantumösszefonódás okát eddig egyetlen tudós sem tudja megmagyarázni

De az univerzumban és a kozmoszban minden összefonódik láthatatlan láncon keresztül

A gravitáció, az elektromágnesesség, a nukleáris erők, az anyag-energia egyesítése lehet Isten agya.

Elég idő

Jézusnak, Salamon királynak és Sándornak volt elég ideje

Sokat értek el ezalatt, és időben hagytak lábnyomot

A legtöbb ember túlságosan elfoglalt az árfolyamversenyben, és nincs ideje

Vannak, akik azt hiszik, hogy halhatatlanok, és nagyot fognak tenni a jövőben

Nagyon kevesen tudják, hogy a végtelen idő sajátos természetű

A tudomány időnként azt is megdöbbenti, hogy valójában mi is az idő, vagy valójában mi is mozog

Vagy olyan, mint a gravitációs erők, anélkül, hogy egy másik dimenzióba áramolna

A tér, az idő, az anyag és az energia mind fontosak, de az idő szabad

De még egy kis lakás megvásárlásához is tetemes díjat kell fizetnie a városban

Már van időd Vivekananda, Mozart, Ramanujan vagy Bruce Lee lenni.

A magány nem rossz mindig

Néha mélyebben gondolkodhatunk a magányban

Segít az elme tisztaságára koncentrálni

A nemkívánatos tömegben az elme álmosnak érzi magát

De egyesek számára a magány lustaságot is hozhat

Egyesek számára ez a látás homályosságát is okozhatja;

Használd a magányt az önvizsgálat eszközeként

A magány a meditációhoz is szükséges

Ha koncentrálsz, megoldást ad a bosszantó problémákra

Amíg egyedül van, soha ne próbáljon ki semmilyen gyógyszert vagy nyugtatót

Inkább menj el a barátokkal, jobb gyógyszer

Használd a magányt a koncentrációra és az új irányokra.

Én kontra mesterséges intelligencia

Amit tudok, nem mind az alapvető tudásom

Sem az ábécét, sem a számokat nem én találtam ki

Az általam ismert nyelvet nem az agyműködéseim hozzák létre

A tűz, a kerék vagy a számítógép sem az én találmányom

Minden, amit megszereztem, másoktól származott

A szocializációt az apától, az anyától és a rokonoktól is elvették

Az agyam csak az információkat tárolja, mint a számítógép merevlemeze

Csak borotva vékony különbség van köztem és az AI tudás között

Az egyedülálló különbség a tudatosságom és az eredetiségem

És a bölcsesség, amit a folyamatos pozitivitás során gyűjtöttem.

Etikai kérdés

A haladás minden útkereszteződésében mindig felvettük az etikai kérdéseket

Legyen szó abortuszról vagy kémcsöves babáról, vagy új élet bohóckodásáról

Nem volt etikai probléma a háborúkban kicsinyes okokból emberölésben

Nem etikai probléma emberek ezreit lemészárolni a vallás nevében

Ám az áttörést jelentő tudományos és technikai fejlődéshez jön az etika

Ellentmondásaik és etikátlan tetteik miatt minden vallás buta

A számítógépeket, a robotokat és az internetet fenyegetésnek tartották a munkaerőre nézve

De végül mindezek a gyorsabb fejlesztés és a hatékonyság forrásaivá váltak

A mesterséges intelligencia és a genetikán keresztüli halhatatlanság mára megkérdőjeleződik

Két-három évtized után mindenki azt mondja, a mesterséges intelligencia nem rossz.

Nem tudom

Egyre gyorsabban haladok, anélkül, hogy tudnám, miért mozdulok

Csak azt tudtam, hogy minden percben öregszem, és napról napra meghalok

Nem tudom, honnan jöttem anélkül, hogy tudtam volna, és most megyek

A fekete dobozon belül korlátozott tudással és információval rendelkezem

A dobozon kívül senki sem tudja, mi történik valójában

Sem a tudománynak, sem a vallásnak nincs meggyőző bizonyítéka

De az alapvető életösztön arra késztetett, hogy egyre gyorsabban haladjak

Az utazás előzetes bejelentés nélkül bármikor leállhat

Vagy arra kényszerülök, hogy hetven, nyolcvan vagy száz éven át továbbmenjek

De a végén az utazás a magányos temetőkben lesz teljes.

Tudom, én voltam a patkányverseny legjobbja

Tudom, én voltam a legjobb úszó, és átkeltem az óceánon

A milliók között én voltam a legerősebb és leghatalmasabb

Tehát ma, a versenyző nép mércéjében, sikeres vagyok

A patkányverseny azelőtt kezdődött, hogy megláttam volna a fényt ezen a világon

Ez az oka annak, hogy a patkányfajt általában az ember köti össze

Bárki, aki nem tartozik a patkányfajták közé, az emberek nem gondolkoznak merészen

A patkányverseny győzteseinek sikertörténetei, az emberek büszkén mesélték

Mégis kevés olyan történet létezik, mint Buddha és Jézus

Ezért egy másik osztályba tartozó emberfeletti lények

Ők az emberiség és a patkányversenyző tömeg messiása.

Teremtse meg jövőjét

Senki nem fogja megteremteni a jövőmet

Ma munkával kell megteremtenem

Bár a jövő bizonytalan és kiszámíthatatlan

A holnapi alap megteremtése egyszerű

Ha ma keményen dolgozunk küldetésünkért és célunkért

A holnap újabb lehetőségeket rejt magában

A holnaputánnak mindig folyamatosságra van szüksége

Isten segítse azokat, akik magukon segítenek, nem virtuálisak

Amikor eljön a jövő, érezni fogod, hogy ez valóságos

Tehát ma alakítsa ki a jövőjét szórakozással és buzgalommal.

Elhanyagolt méretek

Élőlényként jobban aggódunk a fény, a hang és a hő miatt

Kevésbé zavarta az elektromágnesesség, a gravitáció, az erős és gyenge nukleáris erők

Az emberek a Naphoz imádkoznak, mert ez az elsődleges energiaforrás

A folyók és az eső Istent imádva az emberek megmutatják az anyag fontosságát

De minden dimenzió között a tér és az idő laposabb marad

A négy alapvető erő meghaladta a primitív emberek felfogását

Különben az imádatuk és imáik helyénvalóak és jobbak lettek volna

A legtöbb kultúrában létezik Isten és az anyagok és az energia istennője

Mégis, nincs Isten vagy istennő a tér és idő legfontosabb dimenzióihoz

Bár az élőlények létezése szempontjából mindkét dimenzió elsődleges.

Emlékszünk

Emlékszünk az élet minden rossz eseményére

Ebben a kérdésben az emberek jobbak és szakértők

Nagyon kevesen veszik észre jó tulajdonságainkat és erényeinket

Még mi magunk is elfelejtettük szép emlékeinket

Az emlékezet inkább a régi tragédiák felidézésével van elfoglalva

Az emberek féltékenységből sem értékelnek másokat

Tehát nem kíváncsi a sikeres szomszédokra, és tanulni tőlük

De örültünk mások hibáinak

A rossz hírt nagyon gyorsan és boldogan terjesztették az emberek

Soha nem láttam olyan embert, aki kibeszéli mások tulajdonságait

Az emberi elme mindig hajlamos visszahozni a múltbeli eltéréseket

Engedd el a rossz dolgokat és a rossz emlékeket, nehéz feladat

A boldogsághoz, a békéhez és a sikerhez el kell törölni a rossz emlékeket.

Szabad akarat

Még akkor is, ha tudatosan és szabad akarattal cselekszünk valamit

Az eredmény vagy az eredmény bizonytalan, és előfordulhat, hogy nem a kívánt

Ezért mondja a hinduizmus, hogy soha ne várja el a munka gyümölcsét

Csak tedd szabad akarattal és hatékonyan, odaadással

A konkrét eredmény elvárása felhígítja a szabad akarat állásfoglalását;

Lehet, hogy kísértés éri a gyümölcsöt, mielőtt fát ültet

De az ültetési akaratnak és vágynak tudatosnak és szabadnak kell lennie

Ha túl sokat gondol a viharokra, amelyek elpusztíthatják a csemetét

Tekintettel a saját bizonytalan életedre, az elméd meg fog ülni, hogy abbahagyja az ásást

Még a szabad akaratot is a rejtőzködő bizonytalanság irányítja

Néha sorsnak, néha sorsnak hívjuk

De cselekvés és munka nélkül biztosan elfogadod a vereséget.

A holnap Csak Remény

Senki sem tudja, mi lesz holnap

Ha nem élek, kevés arc fog szomorúságot kifejezni

Mások azt mondják, nyugodj békében

A saját véreden kívül senkinek nem fog hiányozni

Az élet valósága nagyon egyszerű és világos

Ne félj meghalni és elbúcsúzni

Az élet végső ajándéka nem a gazdagság, hanem a halál

Egy napon minden ismerősöm és ismerősöm meghal

Megmenteni őket örökre, hiábavaló lesz a próbálkozása

Születéskor, ismerve az igazságot, egy gyermek sír.

Születés és halál az eseményhorizontban

A születésnapom nem volt esemény a világon, ne beszéljek a galaxisokról

Még a születési Buddha, Jézus, Mohamed sem volt esemény születéskor

A halálom is olyan jelentéktelen lesz, mint a születésem

Sem Assam, sem India, sem Ázsia nem fog leállni, sem Amerika nem lassul

Diana és British Crowns halálakor még a világ is a megszokott módon halad

Nem bántam meg a születésemet, és nem fogom megbánni a halált sem

Mint az óceán árapálya, jöttünk, és néhány pillanat múlva megyünk is

A nyomok, lábnyomok csak a szeretteink elméjében maradnak meg

Ahol ezek a megfigyelők is távoznak, ott nincs jelen az eseményhorizontban

Ne reménykedj abban, hogy a kvantum és a párhuzamos univerzum jobb ábrázolást ad az életnek

Végső játék

Hallottam a Big-Bang legnagyobb hangját és legfényesebb fényét

Egy új élet kezdete volt, egy síró gyermek születése

A megfigyelő fontos, amint azt a kettős rés kísérlet is bebizonyította

A megfigyelők jelenléte nélkül az újszülött számára a Big-Bang nem releváns

Az újszülött születése ugyanolyan fontos egy anyának, mint az ősrobbanás

A „Gyerek az ember apja" inkább mindenhol népszerű

Az ősrobbanást soha nem magyarázták volna meg megfigyelő nélkül

Minden elmélethez vagy hipotézishez kell lennie egy megfigyelő apának

Az anyag energiaátalakítása és fordítva a homo sapiens megjelenése előtt kezdődött

Az egyik formából a másikba való átalakulás a természet végső játéka.

Az idő, a titokzatos illúzió

A múlt és a jövő mindig csak illúzió

A múlt nem más, mint időhígítás

A jövő csak időbeli várakozás

A jelen csak a megoldás miatt van velünk

Ha nem cselekszünk, el fog tűnni figyelmeztetés nélkül;

Az időnek nincs lendülete, amikor a múltba kukucskálunk

Bár a múlt tartománya és története nagyon kiterjedt

Nem tudunk a jövőbe nézni, hát hogyan lehet lendület

A jelen pillanat csak a mi kezünkben van, mindig optimális

A múltat, jelent és jövőt a részecskekvantumon keresztül figyeljük meg.

Isten nem áll ellen az önakaratnak

A nemzet, a vallás nevében való ölés nem számít bûnnek vagy bûnnek

Akkor hogyan nevezhető rossznak az öngyilkosság a vallás nevében

Nincs bizonyíték arra, hogy az öngyilkosságot elkövető emberek bűnösek

Ha valaki megszabadul a fájdalomtól és a nyomorúságtól, az öngyilkosság jövedelmező lehet

Amikor Jézust keresztre feszítették, imádkozott a tudatlan emberekért

Fájdalomból és nyomorúságból, ha elhagyod a világot, nem lehet baj

A halál után ez a világ lényegtelen a halottak számára

Csak néha lesznek szomorúak a közeliek és a kedvesek

Ha az önvédelmi célú ölés nem minősül bűncselekménynek

Az öngyilkosság a fájdalmak és a nyomorúság elleni védekezés érdekében rendben van

A halált a kényelem kedvéért nem tudjuk különböző mércével mérni

Ha az érett felnőtt saját akaratából hal meg, Istennek nincs oka ellenállásra.

Jó és rossz

A szükség a találékonyság anyja

Minden találmánynál van óvatosság

A séta és a futás jót tesz az egészségnek

Az edzőtermeken keresztül egyesek gazdagságot teremtenek

A kerékpár azért jött a civilizációba, hogy gyorsabban haladjon

Az emberek meglepődtek, hogyan mozog két keréken

Rövid időn belül a kerékpárok nem maradtak csodák

A tizenkilencedik században büszkeség volt a kerékpár birtoklása

Napjainkban a kerékpározást szegény férfiútnak tekintik

Motorautó és motorkerékpár a hátsó színpadra tolta a kerékpárt

De mint egészséges jármű, ez a helyzet, a kerékpár továbbra is
kezelhető

Nincs üzemanyag, nincs környezetszennyezés, nincs szükség
parkolóhelyre

A zsúfolt helyeken most ismét ösztönzik a kerékpározást

Zéró szén-dioxid-kibocsátás mellett nagyszerű találmány volt az
emberiség számára

A kerékpárok fokozottabb használata elősegíti a levegőminőség
javítását

A műanyag a könnyű súlya miatt jó, és törhetetlen

De a természetben a műanyag és a polietilén biológiailag nem
lebomlik

A polietilén és a műanyag megkeserítette a természetes víztesteket

A polietilén megtalálása a tengeri állatok gyomrában szörnyű

Az üveg jó, de törékeny és terjedelmes szállítani

Éppen ezért a műanyag könnyen ellophatja a történetet

A gyorsétterem rossz, de polietilén nélkül nem tud mozogni

Műanyag nélkül nincs remény a repülőgép- és autóiparnak

A polietilén és a műanyag olcsó kesztyűt biztosított számunkra a Covid19 időszakban

Ellenkező esetben a halál más rekordot döntött volna

Minden találmány és felfedezés jó és rossz oldala

A megfontolt megközelítés és az optimális használat elkerülhetetlen.

Az emberek csak néhány kategóriát értékelnek

Senki sem fog felismerni, ha nem vagy jó énekes

Nem leszel ismert, hacsak nem színész vagy előadóművész

Az emberek nem hallgatnak a jó véleményére, hacsak nem politikus

Vannak, akik elmennek hozzád, ha varázsló vagy

Még ha becsapod is az embereket Isten és a vallás nevében, nagyszerű vagy

Nincs elismerés a kemény munkáért és az őszinteségért

Értékelni fogják, ha jobban tud focizni vagy krikettezni

Jó szerzők és költők, néhány szorgalmas ember csak emlékezik

Még ha egész életében embereknek dolgozott, ez nem számít

Egy napon meghalsz, mint a kaptár dolgos méhecskéi

Előfordulhat, hogy még élettársa sem emlékszik rád.

Technológia a jobb holnapért

A technológia mindig a jobb holnapot és a jövőt szolgálja

A vallás mellett a technológia is formálja a kultúrát

A vallás, a kultúra, a technológia és a gazdaság ma kolloid keverék

Technológia nélkül túl gyenge lesz a civilizáció szerkezete

Az emberiség fejlődését lehetetlen lesz továbblépni

A technológia azonban mindig kétélű fegyver

Egyes mondatoknak kettős jelentése van, jó vagy rossz, ahogy értelmezzük a szót

A fegyver, a dinamit, az atombombák bebizonyították, hogy a technológia veszélyes lehet

Az uralkodók és a királyok mindig visszaéltek velük, dühbe gurulva

A racionalitás és a bölcsesség, az embernek meg kell tanulnia kezelni a technológiát

De mostanáig az emberi DNS egóra és veszekedő mentalitásra tett szert

A technológia használata az ego, a féltékenység, a kapzsiság kielégítésére teljesen elpusztítja a civilizációt.

Mesterséges és természetes intelligencia fúziója

A mesterséges intelligencia és a biológiai intelligencia fúziója veszélyes lehet

Az emberiség számára súlyos következményekkel járhat, ha a mesterséges intelligencia a jövőben tudatot szerez

A természetes intelligencia megőrzése a biológiai sokféleség érdekében értékes

A mesterséges és természetes intelligencia fúziója megváltoztatja az evolúció útját

A pusztítás folyamata felgyorsul, és akkor nem lesz megoldás;

A mesterséges intelligencia nem lesz képes felszámolni a háborút, az erőszakot vagy az egyenlőtlenségeket

Inkább a fúzió folyamatában a mesterséges intelligencia minden rossz tulajdonságra szert tesz

A féltékenységgel, gyűlöletkel, egoistával és negatív attitűdökkel rendelkező robot nem lesz értékes

A mesterséges intelligencia különböző klónjai közötti konfliktusok végső eredménye nyilvánvaló

Az atombombák használata napirendjévé válhat a fölényben

Kérem, állítsák le a mesterséges és a természetes intelligencia jogképesség révén történő összeolvadását.

Egy másik bolygón

Az életed hatvan évesen kezdődik, de egy másik bolygón

Ön felé, legyen gyengébb a családi mágnes

A gravitációs erő erősödik, így nem tud magasra ugrani

Futás közben a torka gyorsan kiszárad

Fára mászni és almát szedni nem szabad próbálkozni

A gyengébb mágneses erő miatt kisebb az energiaigény

Így csökken a táplálékbevitel és a magas kalóriatartalmú anyagok

Amikor fiatal fiúkkal találkozol fül- és orrkarikákkal

Régi szép fiatalkori napjaid, emléked hoz

Senki sem hajlandó meghallgatni bölcsességedet és jó történeteidet

A füzetedbe kezded írni édes emlékeidet

Facebook-profilját csak az ismerősei fogják felkeresni

Mert hozzád hasonlóan ők is ugyanazokkal a trendekkel néznek szembe

A bolygó, ahol élsz, hatvan után más lesz

Semmiképpen ne hasonlítsd össze a húszéves életeddel, nincs egyenlőség.

Pusztító ösztön

Könyörgő emberi elméktől, amelyek tele vannak pusztító ösztönnel

A közeli klánok vagy törzsek elpusztítása és megölése túlélési taktika volt

A megszálló hadsereg mindig igyekezett maximalizálni a pusztítást

Tehát a legyőzött emberek idővel éhen halnak

A háború, az öldöklés, a rabszolgaság az emberi civilizáció szerves részét képezték;

Hatalmasabbá válni a szomszédoknál még mindig gyakori

A felsőbbrendűségi komplexus egoja mindig háborús mérget bocsát ki

Bár az emberi elme eleget fejlődött a mesterséges intelligencia létrehozásához

Még mindig képtelenek nemet mondani a pusztító mentalitásnak, viszlát

Ugyanez a mentalitás, egy napon az AI alkotásaikat is kipróbálják

Az emberi civilizáció örökre meg fog halni erről a bolygóról.

Kövér emberek fiatalon halnak meg

A szumóbirkózók nem élnek sokáig, mert terjedelmesek

A nagy sztárok sem tudnak túl sokáig élni, mivel nehézek

Összeomlanak a befelé húzódó saját gravitációs erejük miatt

A gravitációs összeomlás arra kényszeríti a csillagközi anyagot, hogy begyújtsa a fúziót

Egyes tudósok azt mondják, hogy az univerzum nem más, mint illúzió

Miért és milyen céllal jöttek az élőlények, nincs megoldás

Isten részecske és Isten egyenlet még mindig távoli álom

Az Istent még akkor is felfedezni, ha létezik, nagyon vékony

A létezésünk valamiért vagy semmiért jött létre, pusztán a valószínűség

Az a jó, hogy az alapvető erők nem részrehajlást okoznak.

A multitasking nem gyógyír

Az okostelefon rengeteg tevékenységet tud végezni, mégsem élőlény

A fa csak egy dologra képes, amit fotoszintézisnek neveznek, de ez egy élőlény

A többfeladatos tevékenység önmagában nem tehet valakit vagy valamit a létezés szempontjából magasabb rendűvé

A fa az egyetlen táplálék- és oxigénforrás, de a fák kivágásával szemben nincs ellenállás

Évente több millió fát vágtak ki mezőgazdasági és lakossági célból

De a tudósok nem javasoltak alternatív klorofillforrást az élelmiszertermeléshez

A szemináriumokon és workshopokon ügyesen kezelik a favágás problémáját

Ennek eredményeként a természet lassan egyre több csapást fog okozni

A globális felmelegedést sem az okostelefonok, sem a mesterséges intelligencia nem tudja csökkenteni

Az elpusztított erdő pótlásához egyre több facsemetét kell az embernek előállítania.

Halhatatlan ember

Az állatok nem veszik észre és nem érzik, hogy halandók

Ösztöneik olyan állati ösztönök, hogy kielégítsék a szerveket

A legtöbb emberi lény nincs is tudatában annak, hogy halandó

Ezért az emberek kapzsiak, korruptak és háborús szövődmények

A szociális élet alapvető célja mára meggyengült

Manapság egyre kevesebben halnak éhen

Egyre többen halnak meg az erőszak és a háború miatt

Mintha az alapvető harci ösztönnek a legfelsőbb állat is megadná magát

A kutyákhoz és macskákhoz hasonlóan az emberek is intoleránssá válnak a szomszédokkal szemben

Hacsak az emberek nem veszik észre, hogy halandó, és korlátozott ideig van a világon

Mindig önző, kapzsi marad, és számára a bűnözés rendben van

Horoggal vagy csalással az ember több ezer éven keresztül próbál gazdagságot szerezni

Nagyon igyekezett megvédeni a fizikai testét is, hiszen az nagyon kedves

Amikor haldoklik, még abban a pillanatban sem, a legtöbb ember nem veszi észre az igazságot

Mint a méhkas méhe, elesik és meghal, mézet hagyva másoknak enni.

A furcsa dimenzió

Az idődimenzió valóban furcsa

Csak a relativitáselmélet képes változtatni

A tétleneknek és sikerteleneknek nincs idejük

A sikereseknek huszonnégy óra is megfelel

Aki azt hiszi, hogy soha nem hal meg, mindig hiány van

De ki gondolja, lehet, hogy ma este meghalok, sok van a raktárukban

Az idő soha nem tesz különbséget gazdag és szegény között

A kaszt, a hit, a vallás semmi sem számít az idő magjában

Az idő sebessége mindenki számára egyenlő és azonos

Ahhoz, hogy időben megtartsa lábnyomát, időben kell játszania.

Az élet folyamatos küzdelem

Az élet mindig a küzdelem folyamatos útja

Minden pillanatban bajokkal kell szembenéznünk

Az akadályok lehetnek kicsik, nagyok vagy szörnyűek

Nyomás alatt maradjon szilárdan, és ne görbüljön meg

Ha abbahagyod a harcot, rommá válsz

Ha szükséges, lépjen hátra, és csöpögjön

A következő pillanatban látni fogja a fejlődését

Nézz szembe minden nehézséggel bátran, de légy alázatos

Magabiztossággal a probléma leküzdésének képessége megduplázódik

Soha ne felejtsd el, az élet túl rövid, mint egy légbuborék.

Repülj egyre magasabbra, érezd a valóságot

Ha onnan nézünk, az égbolt fölé

A nagy házak egyre kisebbek és kisebbek

Az ember láthatatlanná válik, mint a baktériumok

De léteznek úgy, ahogy vannak, amikor elkezdtünk repülni

Még mindig láthatjuk azokat, akik egy erős távcsövet használnak

Csak a mi helyzetünk relatív egy űrhajótól

A nagy magasságból származó dolgok figyelmen kívül hagyása könnyű észben

Terjessze ki elméjét magasabb szintre, bővítse ki

Apró és kicsinyes dolgok, amikkel soha nem találkozhatsz

A negatív emberek soha nem jönnek üdvözölni

Kibővült és felhatalmazott elmével csak repülj

És a nektárt virágról virágra gyűjteni próbálja

Élvezze a rózsa, a jázmin és még sok más illatát

Egy napon, különben te is meghalsz, mindent a raktárban tartva

Szóval, miért ne repülne, repülne, és élvezhetné a mézet, a világ a tiéd.

Megbirkózni az életben

Az életben való boldoguláshoz a szőrszálak őszülése nem elég

Az idősek számára a modern technológia nehéz

A mai technológia már másnap elavulttá válik

Hogy mi lesz a következő hónapban, azt még a technológus sem tudja megmondani

Az emberi agy korlátozott kapacitással rendelkezik az adatok befogadására és tárolására

Az emberi DNS ismerete evolúciós láncon keresztül érkezik

Mint egy robot, az intelligencia nem telepíthető az emberi agyba

Sok idő és türelem kell ahhoz, hogy a gyerek megfelelően edzeni

Ha a mesterséges intelligencia összeolvad a tudattal és az érzelmekkel

A biológiai javulásnak és evolúciónak nem lesz célja

Ez az emberi agy lassú lebomlásához és az emberiség leépüléséhez vezethet

Az emberi élet kényelmesebbé tételére az AI nem a legjobb megoldás.

Csak atomhalmok vagyunk?

Protonok, neutronok, elektronok és néhány elemi részecskék halmaza
vagyunk?

A sziklák, a tengerek, az óceánok, a felhők, a fák és más állatok is
egyszerűen halmok

Akkor miért kapnak egyes kupacok légzést, életet és tudatot

Ugyanabban az atomkombinációban egyes életek ártatlanok, mások
pedig veszélyesek;

Nincs válasz, sem az Isten-részecskéből, sem a kettős rés kísérletből

Miért és hogyan keveredik össze két részecske még akkor is, ha több
milliárd mérföld választja el őket egymástól

Csak az atomkombinációk kumulatív hatásait figyeljük meg?

De mégis a sötétben járunk az alapvető kérdés tekintetében

A tudomány csak akkor zárhatja ketrecbe és száműzheti a
Mindenhatót, ha tökéletes megoldást ad nekünk.

Az idő hanyatlás vagy haladás létezés nélkül

Az idő nem más, mint a hanyatlás vagy a haladás folyamatos folyamata

Önmagában az időnek nincs léte, és nincs semmi, amit az idő birtokolhat

Lehet, hogy az idő nem a múltból a jelenbe száguld a jövőbe

Az idő ilyen felfogása az agyunk természete

A teknősbéka még háromszáz év elteltével sem ismeri a múltat

A jövőre nézve a kétszáz éves bálna soha nem tervez vagy alkot bizalmat

Az idő mérése relatív folyamat, a lassú bomlási folyamat azonosítására

De évmilliókig a hegy és az óceánok szilárdan megmaradnak

Az emberi agy százhúsz év után nem képes felfogni az időt

Az idő nem telik, hanem a hanyatlástól, elménk csak fél: ma ujjongjunk.

A fáraók

Az egyiptomi fáraók bölcsek és realisták voltak

Tudták jól, hogy az élet bármelyik pillanatban statikussá válhat

A fáraók közvetlenül a koronázás után kezdtek piramisokat építeni

Számukra a halhatatlanná válás nem praktikus megoldás

Soha nem számítanak arra, hogy a szeretett ember emlékművet épít

Helyénvalóbb az élet során saját sírt építeni

Indiában is az ókorban az idősek a Himalájába mentek, hogy
üdvözöljék a halált

Miután megnyerték a Mahábhárata háborút, a Pándavák ugyanezt az
utat követték

Sok bölcs különféle trükköket és eszközöket próbált ki a
halhatatlanság érdekében

De felismerte a valóságot, a halál a végső igazság, és racionálisan
viselkedett.

A Lonely Planet

Szeretett Földünk egy magányos bolygó a Naprendszerben

Alkalmas lakhatásra és biológiai életre oxigénnel

Több millió éves evolúció tett minket tudatos emberré

De a magányos bolygón az emberek számára ott van a magány

Nyolcmilliárd homo sapiens élhet a Földön

Az egyének magányosak az életükben, még azután is, hogy gazdagok és okosak lettek

Mindig azt állítjuk, hogy társas állatok vagyunk, de valójában az önzés a játék

Az elme kapzsisága, egoja és felsőbbrendűségi komplexuma magányossá tett bennünket

Mindenki tudja azt is, hogy egyedül kell megtennie az utolsó utat.

Miért van szükségünk háborúra?

Miért van szükség háborúra a modern időkben?

A kommunizmus már majdnem meghalt

A faji megkülönböztetés lassul

A természet szennyezése és pusztítása a csúcson van

A technológia minden fajhoz és valláshoz tartozó embereket egyesít

De a pusztító gondolkodásmód miatt a civilizáció jövője kilátástalan

A háborúskodás emberi DNS-e mindig átveszi a vezetést

Az emberi testben a béketeremtő DNS túl gyenge

Sem Istennek, sem a tudománynak nem sikerült megállítania a háborút és a gyilkolást

A fejlett országok még mindig a fegyvereladásban vannak elfoglalva

A szegény és ostoba nemzetek csataterekké válnak

Minden pillanatban félnek az atombombák legnagyobb sebétől.

Hagyja fel az állandó világbékét

Több ezer évvel ezelőtt az erőszakmentességre tanított minket

Felismerte a béke és a csend fontosságát

De Buddha követőiként folytattuk az erőszakot

Jézus életét áldozta, hogy abbahagyja a gyilkosságokat és a kegyetlenséget

Tanításai is most némán kikerültek értékeinkből

A technológia sem tudta tartósan integrálni az embereket

Az állandó béke és testvériség még távoli álom

Mindenki szeretne erőszakot indítani a kasztok, fajok és vallások ellen

A kvantumösszefonódás nem tudott megmagyarázni, a gyűlölet, a kapzsiság, a féltékenység és az ego

Hacsak a megoldás nem a technológiából származik, az állandó békevilágnak le kell mondania.

A Hiányzó Link

A süteményt nem tudod megenni és megenni

Ez ellenkezik a természet törvényeivel

Te sem mehetsz a múltadba és a jövődbe

Mindkettőt, Istent és Darwint hinni képmutatás

Mindkét hipotézis nem lehet igaz, mindannyian tudjuk

Mégis, hogy a kérdésre a logikus következtetésig válaszoljunk, lassúak
vagyunk

Az emberek mindkét hipotézist kényelmük szerint értelmezik

De ez a hipotézis soha nem lehet igaz vagy tudomány

Darwin hiányzó láncszemei továbbra is hiányoznak

Ezért a legtöbb ember Istenhez imádkozik és áldást kér.

Isten egyenlet nem elég

Ahelyett, hogy a dobozban halt volna meg, a macska kijött egy cicával

Senki nem vette észre és nem tesztelte a macskát a terhességével kapcsolatban

Schrödinger apró megfigyelések nélkül betette a macskát a dobozba

Az előrejelzésekkel kapcsolatos bizonytalanság összetettebb

Nem az egyetlen kérdés, hogy a macska meghalt vagy él

A kvantumfizikának túl sok véleményt és megoldást kell adnia

A macska több babát is szülhetett

Kevesen haltak meg a doboz kinyitásakor és kevesen éltek

Az Isten-egyenletre és az Isten-részecskére adott válasz nem elég

Az univerzum létezésének kérdését nagyon nehéz megoldani.

A nők egyenlősége

Brutalizálnak egy magányos nőt az élvezet nevében

Néha három, néha négy és néha több

Az állati ösztön a legrosszabb formában, hogy összetörje a femme fatale-t

Pénzért, a polgári szabadság nevében, a nő lelkét tönkreteszik

És azt állították, hogy ők az emberiség és a civilizáció fáklyahordozói

Az emberek gondolkodásában nincs racionalitás és modernitás

Indokolj mindent, felsőbbrendűségi komplexus, ego és szabad akarat mellett

És követeli a nők egyenjogúságát a területükön és kultúrájukon

Ha egyszer fellebbened a fátylat, láthatod a nőkereskedelem nyakatekert igazságát

Villog az állati ösztönökért való kizsákmányolás, a brutalitás, az embertelen bánásmód.

végtelenség

A végtelen mínusz a végtelen nem nulla, hanem a végtelen

A végtelen szó furcsa szó az emberiség számára

A végtelenség fogalma csak a homo sapiensre korlátozódik

Az összes többi élőlényt nem zavarja a végtelen univerzum

A végtelenség fogalma az emberek között változatos

A számok számolása a végtelenben ér véget, mivel agyunk nem tudta felfogni

De a galaxisok és a csillagok számára a végtelen határtalanságot jelent

A határon túl az agyunk és a tudósok nem tudják nyomon követni

Amikor megjelenik Isten fogalma, a végtelennek szingularitási alapja van

A végtelenség nélkül a matematika és a fizika tönkremegy.

Túl a Tejúton

Hogy mekkora a kozmosz vagy az univerzum, az emberi agy felfoghatatlan

A sebesség és az idő akadályai a helyi Tejútrendszeren belül tartanak bennünket

Még a Tejút is olyan hatalmas, hogy lehetetlen lesz minden zugát és zugát felfedezni

Az erkölcstelenség az emberi élet a tudomány és a mesterséges intelligencia is rövid lesz

A felmérés és az utazás befejezése előtt maga a napunk is elhalványul és örökre elalszik

Abszurd, ha megpróbálunk a Tejút-galaxison túl egy idődimenzión belül felfedezni

Ehhez életünknek kívül kell lennie a tér és az idő hatókörén

Furcsa játék, hogy hogyan jött létre az anyagok és galaxisok végtelen léte

Még mindig nem vagyunk tisztában a világegyetem sötét anyagával és annak eredetével

A csillagászat és a Tejútrendszer felfedezése végtelenül hosszú lesz.

Legyen boldog a vigaszdíjjal, és lépjen tovább

Semmi sem volt, semmi sem az, és semmi sem lesz az én irányításomban

Ennek ellenére mindig elégedett voltam a konszolidációs díjjal

Valahányszor újra és újra felállok a nagy esés után is

Soha nem kértem segítséget a királytól vagy a barátaimtól, hogy helyes irányba tereljenek

Csak magamban és a képességeimben bízom

Sokan próbáltak újra és újra lehúzni

Kinevettem őket, mert az erőfeszítéseik hiábavalóak lesznek

Az ő kívánságaik és erőfeszítéseik felett szintén soha nem uralkodnak

Amikor nem tudták értelmessé és naggyá tenni saját életüket

Hogyan akadályozhatják jelenlegi és jövőbeli tevékenységemet

Boldogan vesztegetik életük értékes idejét

A pletykálkodás és a lábhúzás olyan tétlen társa a férfiaknak, mint a haszontalan kés.

A Covid19-et nem sikerült rögzíteni

A covid19 nem tudta megfékezni az emberi civilizációt és a szellemet

Így az emberek gyorsan elfelejtették az emberiség katasztrófáját

Ma már senki sem emlékszik azokra, akik hirtelen vesztették életüket

Az emberek ismét túl elfoglaltak a mindennapi életükben, nincs idejük visszanézni

Az ember kapzsisága, egoja, gyűlölete és féltékenysége olyan maradt, amilyen volt

Társadalomként vagy embercsoportként semmilyen közös leckét nem vonunk le

Az emberi lények ilyen gondolkodásmódja nagyon furcsa és meglepő

Az a jó, hogy a műsor megszakítás nélkül megy

Az emberiség számára ez a legjobb megoldás a túlélésre a legrosszabb katasztrófában

Hagyja, hogy a civilizáció a természetes kiválasztódás törvényét követve haladjon tovább.

Ne légy szegény a gondolkodásmódban

Lehet, hogy szegény a banki egyenleged, de soha ne légy rossz lelkiállapotban

Bármikor, bárhol vagyont és pénzt, könnyen megtalálhat

A hozzáállás a legfontosabb dolog a sikerhez vezető létrán

Mászás után minden platformon találsz nyers gyémántokat teli dobozokban

A való életben nincs olyan varázslámpa, mint a mesékben, nyers gyémántot kell vágni

A létra következő platformján a gyémánt polírozását kell elvégezni

Ha negatív a hozzáállásod, soha nem tudsz nagy magasságba mászni

A Himalája fenekén maradsz, mint nincstelen

Amikor barátaidnak és szomszédaidnak sikerül, meg fogsz lepődni

De a fájdalmakat, miközben mélytengeri gyöngyöket gyűjtöttek, senki sem vette észre.

Gondolkozz nagyban, és csak csináld

Amikor gondolkodik, gondoljon nagyot, és csak tegye meg

Edd meg az ötletet, igyad az ötletet, álmodd meg az ötletet

Semmi sem akadályozhatja meg, hogy elképzelését megvalósítsa

Dolgozz keményen elhivatottan, és állj ki szilárdan az elképzelésed mellett

Menj aludni nagyszerű ötletével és tervezésével

Reggelente jön az új út és a problémák megoldása

Minden útkereszteződésben lehetnek kétségek és zűrzavar

De kitartással gyorsan megtalálod a megoldást

Ne add fel vad álmodat és ötletedet, nehogy kritika érje

Mielőtt sikerrel jársz és a csúcsra érsz, mindig el fogja csüggedni a cinizmus.

Az agy önmagában nem elegendő

Az agy szükséges az intelligenciához és a tudatossághoz

De az agy önmagában nem elegendő az érzelmekhez és a bölcsességhez

A szerelem, gyűlölet, féltékenység során kibocsátott idegsejtek összetettek

Az elme és az agy összefonódása mindig túlságosan zavaros

Minden emlősnek különböző rendű és szintű intelligenciája van

Egyes feladatokban több, mint a homo sapiens, más állatok is kiemelkedhetnek

A felsőbbrendűség más-más történetét minden állatvilágnak el kell mesélnie

Jó, hogy a mennyország tudata, az állatok nem tudják megmondani

Ez nem azt jelenti, hogy az emberek kivételével minden a pokolba kerül

Csak az embereknek a képzeletet és a megtévesztést nagyon könnyű eladni.

Számlálás és Matematika

Az emberek tudták, mi a különbség egy alma és két alma között

A numerikus képességek fogalma a DNS-hez kapcsolódik

Az agy még a matematika felfedezése előtt képes volt felfogni a számokat

Még az állatok és a madarak is képesek voltak számokat megjeleníteni az agyukban

Az indukált intelligencia, a modern matematika manapság edz

A matematika felfedezése óriási ugrás az emberi civilizáció számára

Matematika nélkül problémák milliárdjainak nem lesz megoldása

A numerikus és nyelvi képességek az emberi intelligencia alapjai

A haladás és a siker szempontjából ez a két összetevő fontos

Az érzelmi intelligencia is az emberi gén velejárója

A tapasztalat és a környezet erőssé és tisztává teszi az intelligenciát, az érzelmeket.

A memória nem elég

A tények és számok memorizálása és a reprodukálás önmagában nem intelligencia

A tudás maga nem hatalom, hanem csak a hatalom fegyvere

A képzelet és az innováció fontosabb, mint a memória és a tudás

A mesterséges intelligencia jobb memóriával rendelkezik, amit el kell fogadnunk és el kell ismernünk

Ennek ellenére a mesterséges intelligencia számára nehéz lesz legyőzni az embereket az innováció és a találmány terén

Van fantáziánk, érzelmünk és bölcsességünk, ami az AI-ból még mindig hiányzik

A találmányért és innovációért folyó versenyben az emberek DNS-támogatással bírnak

A számítógép és a ChatGPT korszakában gondoljon túl a fekete dobozon és a határokon

A képzeleted és a bölcsességed egyedi, és szárnyakat adsz neki

A mesterséges intelligencia és a számítógép elleni küzdelemben az emberek sikeresek lesznek a ringben.

Többet adsz, többet kapsz

Minél többet adsz a hátrányos helyzetűeknek, annál többet kapsz

A nagylelkűség magasabb rendű és nagy emberi érték

A vonzás törvénye nem engedi, hogy csökkenjen a nettó vagyonod

Newton harmadik mozgástörvénye az élet minden területére igaz

A természet törvényei megszakítás nélküli vízvezetékként áramlanak

A jócselekedetek gyümölcsének alig több idő kell megérni

De biztos lehet benne, hogy egy nap eljön, lehet, hogy más típusú lesz

Ha almafát ültet, a természet nem ad szederet

Ezt a gyümölcsöt nem tudod megváltoztatni, ez a természet saját területe

Egy jobb új világért, jó erényekkel, mindig mutass szolidaritást.

Engedd el, és a felejtés ugyanolyan fontos

Az élet a test és az elme túl sok kínzásának integrálása

A DND harci szellemének köszönhetően mindig megtaláljuk a módját

A kínzások úgy erősítették testünket és lelkünket, mint az acélkovácsolás

A legtöbb sérülés könnyen begyógyulhat a rugalmassági rendszerünk

Az elme gyógyulása nehéz lehet, de az idő és a helyzet kénytelen mozogni

Az élet legnehezebb problémája is, az idő egy nap megoldhatja

A dolgok elfelejtése jó erény a lelkünk kiegyensúlyozására

Vízzáró emlékezetünkben az életünk börtönré és pokollá válik

Ahhoz, hogy elfelejtsük a megaláztatást és az élet kínzását, fontos az elengedés

A mesterséges intelligencia, mint a memória, az emberi agy számára, katasztrofálisan hat.

Kvantumvalószínűség

A halandósággal való létezésünk az egyetlen csoda az univerzumban

Semmi más nem furcsa, mindent sajátos törvények szabályoznak

Az egész galaxisban nincs abszurdum, korlátok és hibák

Az atomok, az alapvető részecskék vagy a neutronok bomlása nem új keletű

Az anyag kialakulásának kezdete óta a fizika variációi kevések

A relativitáselmélet, a kvantummechanika új tudás lehet a civilizáció számára

De jóval az emberek előtt a természet végezte el az összes szabványosítást

A fizika vagy bármilyen folyamat nem kényszerítheti a protont az elektron körüli keringésre

Az anyagi világ kialakulásakor nem volt természetes kiválasztódás

Minden tudásunk a kvantumvalószínűség és a permutáció-kombináció.

Az Elektron

Az anyag-univerzum eredendően instabil

Mert az elektron nem tud csendben maradni

Az elektron az egyik legfontosabb részecske

De viselkedése és tulajdonságai nem egyszerűek

Az elektron létezése az atomban dialektikus

A proton és a neutron megkötésében az elektronok szerepe döntő fontosságú

Lehet, hogy az instabil elektron miatt a káosz mindig nő

Az univerzum és a teremtés entrópiája soha nem csökken

A gyermek születéskor a DNS-en keresztüli sírása elektronhatás

A zavar és a káosz fokozódni fog, tükrözi az újszülött is.

Neutrino

A neutrínók az erős elektronok kísérői

Mégis elhanyagolják őket, és nem olyan népszerűek, mint társaik

Szellemrészecskének hívják őket, mivel mindenen át tudnak hatolni

Senki sem tudja, hogy vibráló húr hullámai-e

Azt sem tudjuk, hogyan jutnak tömeghez univerzális utazás közben

De mint alapvető részecskék, a neutrínóknak sok jelentésük van

A neutrínók három különböző ízűek, ami izgalmas

A neutrínók még a Higgs-bozon istenrészecskéjével is ravaszak

A neutrínók a napból és a kozmikus sugárzásból származnak

A részecskefizikának hosszú utat kell megtennie, mondjuk a szellemneutrínókról.

Isten rossz menedzser

Isten kiváló fizikus és nagyon jó mérnök

De rossz vezetőtanár és rossz orvos

A világ vezetése nagyon rossz a konfliktusokkal

Korlátozza az emberek vízum útján történő mozgását

Nincs korlátozás az alacsonyabb rendű állatokra és madarakra, az okok ismeretlenek

Mégis kevesebb kedvességet tanúsított az állatok iránt

Gyerekeket ölnek meg a háborúkban és a szélsőségesek nap mint nap

De hogy abbahagyja a kedvenc állatával szembeni kegyetlenségeket, soha nem mondja

Évente több millió ember halt meg gyógyíthatatlan betegségekben

Az orvosok sok pénzt kerestek, és Istennek dicsérik ezeket a tevékenységeket

A mérnökök újítanak anélkül, hogy túl sokat gondolnának a következményekre

Az életmentés jegyében az orvosok gyakran sorozatosan követnek el hibákat.

A fizika a mérnöki tudomány atyja

A fizika minden mérnöki tudomány atyja

Az elektromosság az elektronika atyja, de mindkettő nem egyszerű

A Mechanical a gyártástechnika atyja

Az apaságra vonatkozó ellenállítások miatt a mechatronika szenved

Az építőmérnököknek sok örökbefogadott gyereke van DNS-kapcsolat nélkül

A vegyészmérnöki munka elfoglalt, ahogyan a molekulák gondolkodnak

A fizika legfiatalabb gyermeke, az informatika immár a király

Kiütöttek minden mérnököt, hogy megszerezzék a trónt a ringben

Az okostelefonok és a kvantumszámítástechnika segít nekik még néhány évig uralkodni

Amikor a mesterséges intelligencia integrálódik az aggyal, mindenki ujjongani fog.

Az emberek ismerete az atomokról

Az egyszerű ember atomismerete elektronban végződik

Elégedettek azzal, hogy tudnak a protonról és a neutronról

Nem kell aggódniuk a fotonok, pozitronok vagy bozonok miatt

Az emberek elégedettek az almaesés megoldásának ismeretével

A folyamat során az alma ára a népesség miatt emelkedik

A számítógép és az okostelefon segítette a tudás fellendülését

De az emberek arra használják őket, hogy eltöltsék az időt, és társat szórakoztassanak

A könyvek nagyobb szerepet játszottak az elektronok, neutronok és protonok terjesztésében

Még azután sem ismeri a bozont, hogy kéznél van a Google és a Wikipédia

A technológiát egyre inkább az elavult vallás igazolására használják.

Az instabil elektron

A hullámfüggvények tudtunk és megfigyelésünk nélkül összeomlanak

Az elektron energiát bocsát ki, hogy a pályán maradjon foton formájában

Az elektron összeomlásának elkerülésére a Pauli-féle kizárási elv a megoldás

Az elektron elhomályosította a valószínűségét az atommagban a meghatározáson túl

A Heisenberg-féle bizonytalansági elv a bizonytalan helyzetről próbál beszélni

Az atomi szerkezet egy tartály, amelyben az elektron az atommag körül forog

A szabad elektronok energiát veszítenek, hogy az atomot stabillá tegyék a természetben

De nem lehet, hogy az elektron örökké kedvelje ezt a rendszerben

A gravitáció következtében, amikor a protonok befogják az elektront, az neutronná válik

Végül minden összeomlik egy fekete lyukká a galaxisban, minden képzeletünket felülmúlva.

Alapvető erők

A gravitáció, az elektromágnesesség, az erős és gyenge nukleáris erők alapvetőek

Mind a négy univerzum és galaxis irányítja és irányítja a forrásokat

Semmi anyag sem létezhet ezen alapvető erők nélkül

Az erős és gyenge nukleáris erők az atom kötési forrásai

Gravitáció nélkül a csillagok, bolygók és galaxisok egymásnak ütköznek

Az elektromágnesesség alapvető fontosságú agyunk működésében és kommunikációjában

Ennek a négy erőnek köszönhetően létezik bolygókombináció

Miért és hogyan léptek be ezek az erők, nehéz magabiztosan megmondani

Az atomok összekapcsolódása az ősrobbanás után lassan ezeknek az erőknek köszönhetően történt

Az ősrobbanás utáni lehűlés folyamatában ezek az erők mindent rendezettek.

A Homo Sapiens célja

Évmilliárdok óta nem volt célja élőlényeknek a Földön

Hirtelen úgy tízezer évvel ezelőtt jött az emberi cél?

Egyetlen élőlény sem tudta, mi a célja a bolygón a napfénnyel

A napsugarak hatására azonban az emberek által Földnek nevezett bolygó fényes volt

Őseink majmjaink és csimpánzaink helyesen tartották ezt a bolygót

Miután az ember felismerte intelligenciáját, célt állított

Az összes többi állat a szolgájuk, feltételezi a homo sapiens

Az emberi lények célja saját képzeletük lehet

A célhipotézis elfogadásához nincs tudományos megoldás

A darwini természetes kiválasztódás elmélete ellentmond a célfelfogásnak

De mivel a természetes kiválasztódásnak hiányzó láncszemei vannak, a többség elfogadja.

Mielőtt Hiányzó Link

Az evolúciós folyamat hiányzó láncszeme előtt

Az evolúció újabb átütő sikert hozott

Ez az X-kromoszóma és az Y-kromoszóma elválasztása volt

A nemileg semleges élőlények is képesek voltak szaporodni

A szexhez és a szaporodáshoz a semleges kromoszómának nem kell elcsábítania

A kromoszómán keresztüli nemi differenciálódás egyenlőtlenséget teremtett

A férfi és a nő két különálló DNS-kódja határozottan megjelent

A nemek közötti különbségtétel a jobb szaporodási képesség érdekében

Vagy azért, hogy a magasabb rendű élő teremtés evolúcióját egyszerűbbé tegye?

Mind az X-kromoszóma, mind az Y-kromoszóma atomhalmok

Jellemzőik, tulajdonságaik mégis eltérőek és véletlenszerűek

Mint a hiányzó láncszem, hogy miért és hogyan tesznek különbséget a nemek között, nincs megoldásunk.

Ádám és Éva

A mitikus Ádám és Éva az X és Y kromoszómát képviseli

Mindkettő párosodása új élet, a következő generáció kialakulását eredményezi

A DNS hordozza a genetikai jellemzőket és információkat

A gén a mutációért és a folyamatos evolúcióért felelős

Az információhordozó DNS a természetes szelekció támogatója

A tudat információn keresztül érkezik vagy sem, homályos

A részecskék kvantumösszefonódása megőrjít bennünket

Az összegabalyodás folyamatában sok ember lustának születik

Az atomok és az ember élettel való összekapcsolódásának összképe még mindig homályos.

A képzeletbeli számok nehezek

A képzeletbeli számokat nehéz elképzelni és megérteni

A bonyodalmakat, az elménk és az agyunk nem tudták könnyen felfogni

A látható és tapintható dolgok agya könnyen kibontakozhat

A nehéz gyakorlatokat az elme mindig szereti hidegen tárolni

Ezért nagyon merész az analógia bonyolult dolgok kifejezésére

A látás és az érintés hinni, ez az emberi alapösztön

A képzeletbeli fizika és filozófia iránt korlátozott az érdeklődés

Új dolgok és ötletek felfedezéséhez a képzelőerő a legjobb

Képzelet nélkül, akár lehetséges, akár nem, a tudomány nem tud előrelépni

Amikor új dolgokat fedezel fel vagy találsz ki, mindig jó jutalmat kapsz.

Fordított számlálás

Az utolsó szakaszban, hogy elinduljon a verseny, mindig van fordított számlálás.

Mert ebben a szakaszban a mentális nyomás óriási és egyre nagyobb.

A fordított számolásnál a nullát tekintjük kiindulópontnak.

A végső siker vagy kudarc az utazás vagy a verseny nulla csak közös

Amikor már elég érett vagy az élet csodálatos útján.

Tanuld meg a fordított számolást a nagyobb vagy nagyobb siker érdekében.

Fordított számolás nélkül a végső célt senki sem tudja feldolgozni.

Az emberi élet túl rövid ahhoz, hogy fokozatosan a végtelenségig számoljunk.

A fordított számolás az egyetlen módja annak, hogy szolidárisan haladjunk a pályán.

Ha nem sikerült elkezdened a fordított számolást és sikerrel jársz, ne hibáztasd a sorsot.

Mindenki a nullával kezdődik

Mindannyian megszülettünk számolni egy nullával kezdődő kiáltással.

Az előre számolásban a teljesítmény több, te egy hős vagy.

Az idő nem engedi meg legtöbbünknek, hogy száznál tovább számoljunk.

Kilencvenre az emberek feladják a lelkesedést és feladják.

Ötvennél, amikor már középen vagyunk, jobb, ha elkezdünk visszafelé számolni.

Ez segít értékelni az életet és mosolyogni az élet jutalmain.

Észrevétlenül számolják az emberek az éveket, hónapokat vagy napokat.

Holnap sokan nem fogják látni a reggeli napsugarakat.

Ha időben elkezdesz előre és visszafelé számolni...

Amikor az időd véget ér, biztosan el fogod érni a csúcsot.

Etikai kérdések

Minden tudásunkat, tapasztalatunkat és intelligenciánkat magunk szereztük.

Mesterséges intelligencia a megfigyelhető világból, az agyunknak is szükséges

Ha megpróbálunk mindent személyesen megtapasztalni, túl hamar elfáradunk

A másoktól származó tudás átvétele ellenőrzés nélkül mesterséges jellegű

Sok ilyen tudásról bebizonyosodik, hogy téves, a jövőben

Az olyan érzelmeket, mint a szeretet, a gyűlölet, a harag, az agy is képes színlelni.

Különböző okokból, mesterséges mosolyra és örömre, az agyunkat megpróbáljuk edzeni.

A mesterséges intelligencia az emberi civilizáció része volt a fejlődés érdekében.

Mesterséges intelligencia nélkül nem lesz gyorsabb és gyorsabb siker.

A természetes intelligencia és a mesterséges intelligencia integrálása a legnehezebb feladat.

Az emberi aggyal való teljes integráció előtt etikai kérdéseket kell feltennie a társadalomnak.

All-Sin-Tan-Cos

Az emberi élet négy kvadránsnyi időutazás.

Ha mind a négy kvadránsban végig tudod csinálni, akkor szerencsés vagy és jól vagy.

Mindenkinek végig kell mennie a huszonöt éves tanuláson.

A fizikai test növekedése a végéhez ér.

A bizonytalanság miatt nem mindenki szerencsés, aki átjut az első kvadránson.

A halál időzítése és kora még mindig csoda az emberiség számára

A huszonöt év második kvadránsában túlságosan lefoglal a munka.

A jobb élet és a jövő biztonsága után kutatva mindenki menekül.

Néhányan egyedül, társ nélkül mozognak, hogy élvezzék a dolgokat.

A harmadik kvadráns a konszolidáció és a finomhangolás ideje.

A tudásod, a képességeid és a vagyonod elkezdett felhalmozódni.

Az osztalékot, a sikert és a kapcsolatokat elkezditek számolgatni.

A harmadik kvadránsban te vagy a főnök és vezérigazgató, aki másokat vezet.

Lassan elveszíted az étvágyad a még nagyobb vagyonra és továbblépsz

Az önmegvalósítás és a belső én megismerése válik fontossá inkább

Mire a negyedik kvadránsba lépsz, az árnyékod hosszúra nyúlik.

A tested túl sok betegséget kap, már nem vagy erős.

A nyomást, a cukrot és más betegségeket tablettákkal kell kordában tartanod.

A gyógyszerek mellékhatásai is nagyon rosszak, és sokakat megölhetnek.

Néha aggódsz az orvosi számlák láttán.

Senki sem törődik veled, mindenki a saját kvadránsával van elfoglalva.

A legtöbb barátod is elhagyta a világot, és a barátok feleslegessé válnak.

Tegyétek a dolgotokat minden egyes kvadránsban hatékonyan és bölcsen.

A negyedik kvadráns végén biztosan nem fogod megbánni.

A Tűz Ereje

A tűz feltalálása megváltoztatta az emberi civilizáció menetét.

Megalapozta a tűz erejét a konfliktusok elfojtásában.

Több a tűzerő, hogy elnyomja a gyengébb állatot.

Nagyobb a terjeszkedés és a túlélés valószínűsége.

A tűzerő segített az embernek, hogy a legerősebb legyen a túléléshez és a fejlődéshez.

A hatalmas erdőtüzek miatt sok állat a visszafejlődés útjára lépett.

Az ember még mindig hordozza a tüzet a szívében, pozitív és negatív értelemben egyaránt.

Ezt bizonyítják a történelemben a háborúk, amelyek pusztító erejűvé váltak.

A szívek pozitív tüze azonban segített az embereknek, hogy építő jellegűek legyenek.

A civilizáció számára azonban a modern technológia tűzereje döntőnek bizonyulhat.

Éjjel és nappal

Minden éjjel, amikor sírok

A világ félénk marad

A világegyetem nem próbál vigasztalni

A fájdalom sülni kezd

A szívem üres és száraz

A magányos pacsirta repül

Az egész éjszaka az enyém

Egyedül egy nap meghalok

A halott énemnek az emberek búcsút mondanak.

Mégis, amikor felkel a nap, a lélek magasan van...

Napközben nincs időm sírni

Nincs okom rá, hogy miért.

Csak tennem kell és meghalni.

Szabad akarat és végeredmény

A dugóban szabad akaratomból választhattam, hogy balra vagy jobbra megyek.

De minden alkalommal, amikor a saját döntésemet hoztam, a mozgás szűkössé vált.

Akár balra, akár jobbra, akár U-kanyar, a jövő útja ritkán volt fényes.

Minden egyes métert meg kellett tennem, a sorsom kényszerített, hogy harcoljak.

Szabad akarattal, a tíz éve szerelmes pár úgy döntött, hogy összeházasodnak.

ünnepélyes házasságot kötöttek, a célállomás pedig a vidámpark volt.

Három hónap múlva mindenki meglepődve látta, hogy elválnak.

A fiatalember szabad akarattal felszállt a repülőre, hogy külföldre repüljön, a fényes jövőért.

De még a szabad akarat és a sok remény után is, a repülőgép lezuhant és meghalt.

A szabad akarat és a végeredmény között bizonytalan a kapcsolat.

Bármelyik pillanatban támadhat a sors vagy a bizonytalanság elve.

Kvantum valószínűség

A világegyetem a kvantumrészecskék kaotikus folyamatával
kezdődött.

Minden, ami ezután következett, kvantum valószínűség volt

A csillagok és más égitestek rendezett keringési pályán forognak.

De az univerzum egésze, a galaxisok mindig is rozsdásodni akartak.

Az univerzum entrópiájának tovább kell növekednie a túlélés
érdekében.

Az univerzum tágulásának magyarázatához a sötét energia
elengedhetetlen.

A multiverzum nem más, mint kvantum valószínűség, bizonyítékok
nélkül.

A multiverzumnak minden vallási filozófiában elviselhetetlen
gyökerei vannak.

A fizikának is vannak különböző elméletei és hipotézisei az
eredetünkkel kapcsolatban.

A valóság egyszerű és végső igazsága a mai napig illuzórikus és senki
sem látta.

Halandóság és halhatatlanság

Boldog vagyok, hogy halandó vagyok, a világ néhány napos utazója.

Boldogabb vagyok, hogy mindenki más halhatatlan és szolgáltató.

A halhatatlan barátok és rokonok búcsút vesznek, amikor elmegyek.

Soha senki nem fogja tudni, a következő pályafutásom, ha lesz, hogyan fogok kezdeni

Egy hét múlva mindenki elfelejt engem, mert az emberek okosak.

A szupermarketekben lesznek elfoglalva, hogy megtöltsék a háztartási kosarukat.

Még akkor is ugyanúgy fog múlni az idő, napok, hónapok, évek nagyon gyorsan.

A Halhatatlanság miatt talán soha nem fáradnak el, nem fognak elrohadni vagy rozsdásodni.

Száz év múlva valaki megünnepelheti a halálom századik évfordulóját.

Ezer év múlva valaki megtalálhat a hálóban, mondhatja, hogy kortársam voltam.

De a reakciói érzelemmentesek és pillanatnyiak lesznek.

A halandóság és a halhatatlanság kéz a kézben jár, az emberek nem akarnak meghalni.

Mégis életem utolsó napjáig, halhatatlannak lenni, soha nem próbálom meg.

A keresztút őrült lánya

A kereszteződésben bolyong, minden nap, nevetve, mosolyogva és magában beszélgetve.

Nem érdekli, ki jön, ki megy, egyáltalán nem érdekli a figyelem.

Nem zavarja piszkos ruhája, smink nélküli arca és poros haja.

Ha a mosolygás és a nevetés a boldogság jele, akkor boldognak és vidámnak kell lennie.

Egy halom proton, neutron, elektron és más alapvető részecskék halmaza is lehet.

A mozgás, a gravitáció, az elektromágnesesség és a kvantummechanika ugyanazon törvényeit követi.

Mégis, ő más, lehet, hogy az instabil elektronok féktelen viselkedése...

Az orvosok nem tudtak megoldást találni arra, hogy miért más és miért gyógyul meg.

Nincs valódi magyarázat a tudata nem szimmetrikus viselkedésére.

A tudata és a neuronok kibocsátása túlmutat a kvantumelmélet magyarázatán.

A mosolygós arcáért és boldogságáért az emberek sajnálkoznak és sajnálatukat fejezik ki.

De a kvantummegfigyelőktől függetlenül ő vidáman éli az életét.

Atom kontra molekulák

A molekulák nem feltétlenül alapvetőek a bolygó és az univerzum létrejöttében

A szén, a hidrogén, az oxigén, a szilícium és a nitrogén tette sokszínűvé a Földet.

Kalcium, vas, nátrium, kálium mind molekulák formájában merülnek el

Az atomok kombinációja nélkül nem lehetségesek a molekulák igaz

De molekulává válás nélkül az elemek létezése nem jöhet létre.

A neutron bomolhat protonra és elektronra, hogy különböző atomokká váljanak.

A protonok és elektronok kombinációja is véletlenszerűen történik.

A fehérjék és az aminosavak molekulák formájában jöttek létre, hogy lehetővé tegyék az életet.

A fotoszintézis az állatvilág táplálékának biztosítására atomi állapotban lehetetlen.

Mivel a molekulák nem instabilak, mint az atom, a létezésünk szempontjából a molekulák megbízhatóak.

Vegyünk egy új határozatot

A folyók, tavak, tengerek és óceánok mindegyike rendelkezik fenékkel.

Az egyes víztestek mélysége nem szimmetrikus, hanem véletlenszerű.

A hegyek lehetnek magasak vagy rövidek, zöldek vagy fehérek egész évben

De minden dolog jellemzői szempontjából csak az atomok számítanak.

A természet szépsége, a csillagok vagy a nők, mind atomok halmaza.

Senki sem láthatja semmi szépségét fotók kibocsátása nélkül.

Az alapvető részecskék és az atomok kombinációjában van minden különbség.

Az emberi lényeknek nincs befolyásuk semmi felett a korai kialakulásban.

Az ember nem tett semmit, hogy felgyorsítsa vagy lelassítsa az evolúció folyamatát.

Hogy a világot jobbá tegyük szeretettel és testvériséggel tudunk határozatot hozni.

Fermi-Dirac statisztika

A mindennapi életünkben számos embert látunk interakció nélkül.

A Fermi-Dirac statisztika adhat nekünk egy elfogadható megoldást a megértésre.

A statisztika mind a klasszikus, mind a kvantummechanikára alkalmazható

Minden embernek más a gondolkodásmódja, a hozzáállása és a dinamikája.

Minden alapvető részecskének megvan a saját termodinamikai egyensúlyi módja

A részecskéknek mérhető tömeg nélkül is van impulzusuk.

A Bose-Einstein-statisztika azonos, megkülönböztethetetlen részecskékre is alkalmazható

A részecskék leírásának egész folyamata összetett és nem egyszerű

Egy ponton, a végtelen kozmoszban, a felfogóképességünk megbénul.

De az emberi elme és a fizika kíváncsisága sosem törik meg teljesen.

Embertelen mentalitás

Az emberek embertelenné és kegyetlenné váltak

Bár manapság nincs történelmi párbaj...

De ártatlanok megölésére, egy apróság is adhat okot...

A tolerancia gyorsabban csökken, mint a csökkenő hozam törvénye.

Ha kiállsz az igazságért és az igazságosságért, a következő golyó a tiéd lehet.

Apró incidensek miatt sok város lakói őrülten égnek.

Bármelyik pillanatban, bárhol, bármilyen okból visszatérhet a halálos erőszak.

Az emberek manapság szomjazzák az emberi vért.

Több ember hal meg a világon erőszakban, mint pusztító árvízben.

Jézus áldozata az emberiségért most hiábavaló, mert a kegyetlenség a tetőfokára hágott.

Az erőszak, a háború, a gyűlölet, az intolerancia miatt hamarosan az emberiség szövete megszakad.

Üzleti folyamat

Az élet csak egy üzleti folyamat a termelékenység és a profit maximalizálása érdekében?

Vagy természetes folyamat, amely hozzájárul az evolúcióhoz és a fejlődéshez?

Az egész társadalom a termékek marketingjének terepévé vált.

Az emberek becsapása ma már a túlélés és az életben maradás egyik legfontosabb képessége.

Lehetetlen továbblépni az igazsággal, az egyszerűséggel és az őszinteséggel.

Végtelen a kapzsiság a gazdagságért és a hírnév megszerzéséért.

A szellemi gazdagodás érdekében senki sem akar időt tölteni vagy könyvet olvasni.

A piacon valahogy el kell adnod a szolgáltatásaidat vagy a termékeidet.

A társadalmi szövetből, a kapcsolatokból és az értékekből mindig levonják a következtetéseket.

Ha nem tudsz marketinget csinálni és profitot keresni, az életben semmit sem tudsz felépíteni.

Nyugodj békében (RIP)

Ha meghalok, valaki talán ír egy nekrológot...

De a békében nyugalom lesz az elsődleges megjegyzés

Senki sem kérdezi most, hogy békében vagyok-e vagy sem.

Még a legközelebbi barátaim is ugyanabba a sorsba esnek.

Én sem kérdeztem senkit, hogy békében van-e.

A barátaim halála után mostanáig én is ugyanezt a módszert követem.

A halál most már nagyon olcsó és érzelemmentes mindannyiunk számára.

Bár igaz, hogy egy nap mindenki felszáll a buszra...

A halál után a béke és a boldogság lényegtelenné válik.

A békében nyugvás egy nagyon új, modern életmód szabadalom.

Az emberek túl elfoglaltak, és nincs idejük a békére és a pihenésre.

A halál után békét mondani a barátoknak könnyű és a legjobb.

A lelkek valóságosak vagy képzelet?

A lelkek létezését mindig megkérdőjelezik, mivel nincs tudományos bizonyíték.

Az élőlények tudata valós, de vajon a gondviselésről van-e szó?

A lelkek hipotézise mélyen gyökerezik, civilizációról civilizációra túlélve

A lélek és annak halál utáni folytonossága a legtöbb vallás szerves része.

Ennek bizonyítására a megtestesülés és a próféták vallási megoldást jelentenek

Mivel azonban a mai napig nem sikerült megtalálni a test és a lélek hiányzó láncszemét...

A magasabb rendű tudatosság oka szintén megmagyarázhatatlan maradt.

A végtelen galaxisok között a tudomány felfedezése csak egy kis porszem.

A lélekkel és a tudattal kapcsolatos lényeges kérdésekre a tudománynak kell választ adnia.

Különben az idő múlásával a tudomány számos hipotézise berozsdásodik.

A lelkek valóságosak vagy képzelet?

A lelkek létezését mindig megkérdőjelezik, mivel nincs tudományos bizonyíték.

Az élőlények tudata valós, de vajon a gondviselésről van-e szó?

A lelkek hipotézise mélyen gyökerezik, civilizációról civilizációra túlélve

A lélek és annak halál utáni folytonossága a legtöbb vallás szerves része.

Ennek bizonyítására a megtestesülés és a próféták vallási megoldást jelentenek

Mivel azonban a mai napig nem sikerült megtalálni a test és a lélek hiányzó láncszemét...

A magasabb rendű tudatosság oka szintén megmagyarázhatatlan maradt.

A végtelen galaxisok között a tudomány felfedezése csak egy kis porszem.

A lélekkel és a tudattal kapcsolatos lényeges kérdésekre a tudománynak kell választ adnia.

Különben az idő múlásával a tudomány számos hipotézise berozsdásodik.

Minden lélek ugyanannak a csomagnak a része?

A különböző élőlények lelkei ugyanannak a szoftvercsomagnak a részei?

Minden léleknek megvan a kvantum összefonódása, de más-más a csomagja.

Az evolúció révén minden élőlénynek van ökológiai kötődése is.

Sok faj kihalt, mert az idő múlásával nem fejlődött.

Az ember, az önjelölt legfőbb állat most ezeket a megmentőket keresi.

Mégis hiányzik az élet szoftver és hardver közötti kapcsolat

A tudománynak, a vallásoknak és a filozófiának megvan a maga egyedi gondolkodása.

Egyikük sem tudja meggyőzően bizonyítani, hogy hipotézisük helyes.

Amikor a kíváncsi elmék kemény kérdéseket tesznek fel, mindenki visszavonul.

A lélek és a test kapcsolatának kérdésében a mai napig a vallásoknak van nagyobb hatásuk.

A mag

Atommag nélkül egyetlen atom sem tud kialakulni vagy atomként létezni.

Az alapvető részecskék önmagukban nem tudnak anyaggá alakulni.

A világegyetemben lévő dolgok talán egy hipotézis jobban megmagyarázza a dolgokat.

A Naprendszer nem létezhet és nem folytatódhat a Nap nélkül.

A műholdak is kiegyensúlyozó erők, és nem az ember szórakozására szolgálnak

Egy központi mag nélkül, amely hatalmas energiával rendelkezik, a kozmosz nem lehet rendben

Akár Istenről, akár valami másról van szó, a fizikának tovább kell ásnia.

A csillagok és galaxisok közötti távolságok túlmutatnak rakétánk hatótávolságán

Mostanáig a galaxisunk minden szegletének felfedezése túlmutat a zsebünkön.

Mégis, sokan készek arra, hogy örökre elmenjenek az űrbe, drága jegyet vásárolva...

Ez a kíváncsiság és az ismeretlen megismerésére irányuló törekvés a civilizáció.

A kvantumtechnológiával az űrkutatás lendületet kap.

Amíg meg nem találjuk a végső magot vagy az igazságot a csillagok kötődése mögött.

Legyenek boldogok az emberek a vallásos hitükkel és imáikkal.

A fizikán túl

A fizika furcsa világán túl a biológia világa

Az atomok kombinációja hozta létre a fehérjemolekulákat.

Létrejöttek a vírusok és az egysejtűek.

A DNS információhordozó indította el az evolúció folyamatát

A fizika és a biológia összekapcsolódása alapvető megoldást adhat

A genetika segítségével történő visszafejtés megmondhatja, hogyan jött létre az élet.

A mindenható Isten számára talán nincs semmi a játékban.

A fizikán túl ott van a szeretet, az emberség és az anyaság, hogy új életet adjon

Mint a proton és az elektron kombinációja, úgy van férjünk és feleségünk is

A teremtés rejtélye a kvantummechanika után is folytatódik

Néhány fizikus új hipotézisekkel fog új ötleteket adni nekünk a létezésről

Az élet továbbra is versenyezni fog a mesterséges intelligenciával és a háborúkkal.

Az emberi lények talán nem találják meg a létezés okát, de gyarmatosítani fogják a csillagokat.

Tudomány és vallás

A tudomány soha nem hivatkozik vallási szövegekre, hogy bizonyítsa elméleteit.

A tudományos elméletek és hipotézisek nem emlékeken alapulnak.

A vallási szövegek a civilizáció kezdeti szakaszában generációkon keresztül öröklődtek.

Ezek a szövegek mindig a tudományoktól próbálnak megerősítést kapni

Ha Isten egy másik galaxisban létezik, akkor a vallási szöveg nem az ő verziója.

A vallási vezetők nem tudnak megoldást arra, hogy ezt megerősítéssel bizonyítsák.

Gyakran hivatkoznak egy darabka versre, hogy bizonyítsák, hogy a tudományon alapul.

De az alapvető törvények matematikai hivatkozásait nem használják fel a védelmükben.

A próféták és a vallási vezetők nem a tudományos elméletek feltalálói.

Hasonlítanak a természethez, és a természeti törvények csak következményei.

A vallás és a tudomány az élet nevű érme két oldala lehet.

De amikor laboratóriumi vagy fizikai tesztelésre kerül sor, a vallások elcsúsznak.

Vallások és multiverzum

Bárhol is vagytok, legyetek boldogok és éljetek békében!

Ez a legtöbb vallás nézete a lelkekről.

Ez azt jelenti, hogy a vallások tudnak a párhuzamos univerzumokról?

Vagy ez a legegyszerűbb út a magányhoz a közeli és kedves emberek számára?

A több világegyetem fogalma néhány vallás sajátja.

De ez túlmutat a kvantum összefonódáson és a konkrét megoldásokon.

Még a párhuzamos univerzum mai fogalma is iránytalan

A fizika az atom és az alapvető részecskék mélyére hatol.

Ahelyett, hogy konkrétan, filozófiai akadályokba ütközik

A kozmológiai állandók még a nagyobb méretű univerzumokban is különböznek.

Akkor az egész elmélet vagy hipotézis kezd kétségessé válni és szenvedni.

A vallások hit kérdése, és a hívők soha nem kérnek bizonyítékokat.

Még a legtudományosabb és legracionálisabb elmék sem mondják soha, hogy a nézet hülyeség.

A tudomány jövője és a multiverzum

Amikor az emberek meghalnak, a rokonok azt mondják, éljetek békében, bárhol is vagytok.

Ez a vallási nézet mélyen gyökerezik a társadalomban, és túl messzire nyúlik.

Az emberek vigaszt kapnak a távozás fájdalmától, és megpróbálják begyógyítani a sebet.

Ezeknek az embereknek a többsége nincs tisztában a kvantum összefonódással.

Hogy létezik-e multiverzum vagy sem, az számukra egyáltalán nem fontos.

Mint minden állat, az ember is fél a haláltól és a világ elhagyásától.

Tehát, a másik galaxisban való élet elképzelése talán kibontakozhatott.

Az is lehetséges, hogy a civilizációnk régebbi, mint ahogy azt a bizonyítékok állítják.

Millió évvel ezelőtt, néhány fejlett élőlény már járt itt...

A világ emberei kapcsolatba kerülhettek ezekkel a lényekkel.

Miután elindultak a céljuk felé, az emberek elkezdtek imádkozni.

...és az emberiségnek a világegyetemek létezése szájról-szájra terjedt.

Hosszú távon a más világegyetemekben lévő élet létezése erősödött...

A fizikának most már van egy hipotézise a multiverzumról, hogy megmagyarázza a természetet.

Ha a multiverzum valóban létezik más galaxisokban, más lesz a tudomány jövője.

Mézelő méhek

A világon az emberek többsége úgy él, mint a méhek.

Ha felülről nézed, a hatalmas épületek fák.

A lakóközösségeikben nincs identitásuk.

Mégis, mint a méhek a kaptárakban, mindenki szolidárisan él otthonában

Dolgoznak és dolgoznak az utódaikért, pihenés nélkül.

Mindig azt próbálják megadni gyermekeiknek, amit a legjobbnak gondolnak.

Mint a méhek, csak éjszaka pihennek.

Egy nap a lábuk elgyengül a járáshoz és a kezük a munkához.

Ekkorra gyermekeik felnőttek és elkezdtek ringatózni.

Az öregek otthonában vagy az elmegyógyintézetben a rokkant testet bezárják.

Mindenki elfelejtette, hogy egyszer régen milyen keményen dolgoztak.

Mint a méhek, ők is a földre esnek, senki sem vette észre.

De a zöldebb napokon, hogy élvezzék az életet, néhány embert nem lehet meggyőzni.

Ugyanaz az eredmény

A kvantummechanika soha nem tesz különbséget optimista és pesszimista között.

A különbség a kvantum valószínűség vagy az összefonódás miatt lehet.

Az optimista és a pesszimista ugyanannak az érmének két oldala a világban

De a mindennapi életben, különböző módon, másképp bontakoznak ki

A krikett- és a futballjátékban akkor is lehet nyerni, ha elveszítjük a dobást.

A pesszimizmussal az ember hosszú távon nyerhet, a kereszt áldásával

Az optimizmus nem garantálja a sikert és a boldogságot az egész életen át.

Sok optimista számára hosszú távon az optimizmus csak hiedelem marad

A pesszimisták csak egyszer halnak meg, méghozzá boldogan, a kudarc megbánása nélkül.

Az optimisták többször halnak meg, miután minden álmuk kisiklott, biztosak lehetnek benne

Optimista vagy pesszimista, az egyetlen út a továbblépés és a játék befejezése.

Hiába a szabad akarat, a kemény munka, a kvantum összefonódás ugyanolyan eredményt ad.

Valami és semmi

Valami és semmi, semmi és valami

Isten, nincs Isten, nincs Isten, Isten rejtélyesebb, mint a tojás a tyúkkal szemben.

ősrobbanás vagy nincs kezdet, nincs vég, csak tágulás és tágulás

Sötét energia vagy nincs sötét energia, a világegyetem tágul vagy csak délibáb

Az antianyagnak és az alaprészecskéknek megvan a maguk szerepe és miliője

A fizika törvényei fogalmazódtak meg először, vagy a világegyetem jött először

Ez is egy komoly kérdés, mint a valami és a semmi, nem szabad rozsdásodni.

A természet és az univerzum megismeréséhez minden kérdésre választ kell kapnunk.

Hogyan kell a fizika, biológia, kémia, matematika integrációját elvégezni?

Az emberi érzelmek és a tudatosság is más-más futásúak.

Az is bizonytalan, hogy a mindenek elmélete megfordulhat-e...

A vallásoknak megvan a hatalmuk, hogy a világot égetésre kényszerítsék.

Még a genom szekvenálás és a kvantum összefonódás megismerése után is...

Az emberek boldogok és elégedettek, hogy vallási településre iratkoznak fel.

Mert a fizika még messze van, hogy eldöntsön valamit vagy semmit.

Költészet a legjobb formájában

A valaha írt legjobb tudományos költészet a tömegről és az energiáról szólt.

Így a tér, az idő, a tömeg és az energia szinergiában magyarázható.

Az E egyenlő m c négyzet sok mindent megváltoztatott a fizikában örökre.

A tudomány bármelyik törvényének, mint például az anyag-energia kapcsolatnak a népszerűsége ritka.

Még Newton mozgástörvényei is elmaradnak a népszerűségben.

Az anyag-energia kettősség lerombolta a klasszikus fizika uralmát

Megnyitotta a kvantumelmélet és a mechanika ismeretlen világát.

A látható világunk nagy részét magyarázó költemény az anyag-energia egyenlet

A relativitáselmélet sok megmagyarázatlan dologra adott megoldást

A gravitáció, az elektromágneses erő, az erős és gyenge nukleáris erő láthatatlanok

De a mérnöki alkalmazásuk lehetővé tette ezt a modern világot.

A természet filozófiájának magyarázatában a költészet és a fizika összeegyeztethető.

Az őszülő hajad

Az ősz haj és az öregség nem jelent tudást és bölcsességet.

Még az élet túlsó végén, nyolcvan után is sokan élnek a bolondok birodalmában.

Az emberek többsége nem tanul a tapasztalatból és a múltból.

Így éretlenségük és ostobaságuk az utolsó leheletükig megmarad.

A diplomák és a gazdagság nem tesz senkit úriemberré.

A szívedben lévő értékek és érzések nélkül csak eladóvá válhatsz.

A tudás és a bölcsesség az értékekkel együtt tesz téged eredendően jóvá.

Még a legszegényebbekkel szemben sem viselkedhetsz gorombán.

Az értékeken alapuló becsületes emberekre most nagyobb szükség van a társadalomban

Nincs szükségünk korrupt mentalitású szakemberekre és műveltekre.

Instabil ember

Az emberek többsége instabil és mentális egészségügyi problémákkal küzd.

A fiatal férfiak féktelen viselkedése, az elektronok nyomára bukkanhatnak...

A fizika megmagyarázhatja, miért nem valódi az ég, de kéknek látszik.

A gyógyszerek még most sem tudják gyorsan gyógyítani a megfázást és a szezonális influenzát

Miért legyőzhetetlenek még mindig egyes vírusok, sem a fizika, sem az orvosok nem tudják a választ

Az időjárás és az esőzések tökéletes előrejelzése nagyon korlátozott és ritka.

Az emberi életben az agy több milliárd neutront bocsát ki az érzelmek kimutatására.

De hogy ez milyen módon fog történni, azt egyetlen fizikus sem tudja helyesen megjósolni.

Minden jövőbeli pillanat kvantumos valószínűsége korlátlan.

Bármelyik pillanatban, bármilyen balesetben a legjobb orvos is meghalhat.

Legyen a költészet egyszerű, mint a fizika

Miért nem lehet a költészet olyan egyszerű, mint a matematika és a fizika?

Az igazság mindig egyszerű, világos és nem kell hozzá nehéz szavak.

A költészetnek nem kell keménynek lennie, hogy az átlagember ne értse meg.

Nem csupán az elit osztályok számára ismeri a belső kifejezéseket.

A bolygómozgások törvényeihez hasonlóan a költészetnek is egyszerűnek és szépnek kell lennie.

A költészetnek képesnek kell lennie jobb emberi értékeket közvetíteni, hogy az életet vidámmá tegye.

Newton törvényei olyan egyszerűek és könnyen érthetőek.

Az egész bolygó mozgását, egyszerű módon, el tudjuk mondani...

Az E egyenlő m c négyzetével megmagyarázza az anyag-energia kettősséget, bonyolultság nélkül.

A fizika és a költészet könnyedén összeférhet, hogy az életet jobbá tegye.

Nehéz szavak és csak a belső jelentéssel, a költészet nem lesz erősebb.

A költészetnek nincs definíciója, a határa kevésbé, mint a galaxisok a Tejúton túl.

A matematikáról és a fizikáról egy egyszerű költészet könnyen mondható.

Max Planck A Nagy

A kvantummechanika közvetlenül a világegyetem létrejötte után alakult ki.

Az alapvető részecskék viselkedése instabil, véletlenszerű és változatos volt.

Gyorsan, a megfelelő időben jött létre az elektron, a proton, a neutron és a foton.

Senki sem tudja, honnan jött a szükséges kezdeti szikra és erő.

Évmilliárdokig a rendezett szingularitás káoszba váltott, növelve az entrópiát.

A világegyetem, az anyag és az energia a régi példány új prototípusa?

Max Planck fedezte fel a kvantumelméletet, miután a homo sapiens a Földre jött.

A modern fizika és a kvantummechanika, az ő felfedezése szülte a modern fizikát.

Bár az ember az evolúció folyamatán keresztül jött a világra...

Az elektron, proton, neutron soha nem ment át az evolúción, a fizika nem talál megoldást.

Még mindig túl sok a hiányzó láncszem, hogy megmagyarázza, honnan származik az anyagból az energia.

A világegyetem létrejöttében a fizika és az evolúció nem az egyetlen játék.

A megfigyelő jelentősége

Egykor a világot a dinoszauruszok és más hüllők uralták.

Az evolúció és a természetes szelekció következtében néhányan elkezdtek repülni.

Az okos és lomha fajok az óceánokban és a tengerekben maradtak.

A dinoszauruszok aranykorában a Föld a Nap körül mozgott.

A napraforgó ismeri a napfelkeltét és a napnyugtát, és ennek megfelelően fordul meg.

Egyetlen élőlényt sem érdekelt a Föld forgása és forgása.

A vándormadarak még a navigációnál is pontosabbak és okosabbak voltak.

Több ezer évig még a homo sapiens sem ismerte a forgást.

Egészen addig, amíg az intelligens Galilei meg nem adta a világnak az észbontó radikális állítást.

Az állatok nem ellenezték a forgás és a forgás elméletét.

De a homo sapiens társak elszántan szembeszálltak Galileóval és elméletével.

Galileit börtönbe zárták, mert másképp gondolkodott és szembeszállt az ősi hiedelmekkel.

De mint az igazság hírnöke, megerősítette elméletét, és megpróbált ellenállni.

A "mégis mozog" szavai a megfigyelő fontosságát mutatják.

Csak a tudással és képzelőerővel rendelkező megfigyelők tudják örökre megváltoztatni a világot.

A relativitáselmélet a Naprendszerünk kezdete óta létezik.

Einstein a megfigyelést a fizika újdonságaként tette közzé.

A megfigyelő fontosságát most a kvantum összefonódás bizonyítja.

De a valóság folyamatos diszkontinuitás, és még a világegyetem sem állandó.

Nem tudjuk

A halál az emberi lény hullámfüggvényeinek összeomlása?

A protonok, neutronok és elektronok halmazának időre van szüksége a bomláshoz.

Az alapvető részecskék kvantum összefonódása sírban folytatódik?

A kvantumtérelméletben vagy a kvantummechanikában nincs válaszunk.

Az egyetlen remény az, hogy megvárjuk, amíg a mindenség elmélete megmagyarázza a dolgot

Még akkor sem tudja senki, hogy a sír alatt is elfér-e.

Az idő múlásával új elméletek, hipotézisek jönnek és mennek.

A technika fejlődése most már soha nem fog lelassulni

Minden elmélet és hipotézis mindig új ragyogást hoz.

Mégis válaszokat néhány kérdésre, tudomány és filozófia mondhatja, nem tudunk.

Mi van kialakulóban

Tudatosság, kvantum összefonódás és párhuzamos univerzum van kialakulóban

Az ősrobbanás mint a semmiből való kezdet lassan leértékelődik.

A sötét energia, a fekete lyuk és az antianyag következtetés nélkül vibrál

A húrelmélet, az univerzum széle és az időutazás még mindig zavarba ejtő.

A mesterséges intelligencia és az emberi agy összekapcsolhatósága érdekes.

Az isteni részecske nem válik mindenhatóvá, ahogyan azt gondoljuk

Bármelyik pillanatban kitörhet az atomháború, és az emberi civilizáció elsüllyedhet

A kvantumfizikával a szeretet, a gyűlölet, az ego és a biológiai szükséglet nem kapcsolódik össze.

Még több ezer év kell ahhoz, hogy a nemek egyenlősége és az ég rózsaszínű legyen

Senki sem törődik a környezettel, az ökológiával és a kacsintásukkal.

Az ember erkölcstelensége teljesen megváltoztathatja az élőlények ökoszisztémáját.

Az emberi élet mégis folytatódik a kapzsisággal, az egóval, a féltékenységgel és az önbecsüléssel.

A gravitáció, a nukleáris erők és az elektromágnesesség továbbra is alapvetőek maradnak.

Az emberi társadalom egyben tartásához a szerelem, a szex és Isten továbbra is fontos eszköz marad.

A tudomány és a technológia fejlődése exponenciális lesz egy exobolygó eléréséhez.

Éter

Apánk azt mondta, hogy az iskolában és a főiskolán étert tanultak.

Az éterről rengeteg információval és mély tudással rendelkezett.

Az éter fontos szerepet játszott a fény és a hullámok terjedésének magyarázatában.

Az éterről feltételezték, hogy súlytalan és a természetben kimutathatatlan.

De a relativitáselmélet és más elméletek elpusztították a jövőjét.

Az éter hipotézise eltűnt az iskolai tankönyvekből.

A fizikakönyvekbe apánk meglepő pillantásokat vetett.

Most már van sötét anyagunk és sötét energiánk, az éter már régi történet.

Száz év múlva a sötét energia és a fekete lyuk története ugyanaz lehet.

A fizika is fejlődik, akárcsak az élet fejlődése a természetben.

Egy napon, dédunokáinknak, mint történetet, a mai fizikát fogják elmesélni.

A függetlenség nem abszolút

A függetlenség nem abszolút, hanem relatív, a társadalom, a nemzet és a társadalom által korlátozott.

Az abszolút függetlenség nem kívánatos, és káoszhoz és pusztuláshoz vezethet.

A szabad akaratot a természeti erők és a kvantum valószínűség is korlátozza.

Ahhoz, hogy egy cselekedet szabad akarattal történjen, csak reménykedhetünk, mivel van rá lehetőség.

Még alacsony valószínűség esetén is összeomolhat a hullámegyenlet negatívra

Ez azért van, mert a természetben nem minden ugyanolyan mércével mérhető.

A reményeink összetett érzelmek, tudatossággal és neuronokkal.

A hullámfüggvények összeomolhatnak a környezeti korlátozások miatt

Ez nem jelenti azt, hogy szabad akaratunk soha nem látja a fotonokat fény formájában

Néha az eredmény vagy a gyümölcs nagyon izgalmas és túl fényes lesz

Mivel az eredmény vagy a gyümölcs az idő terméke a jövő tartománynevében

Célunk és kötelességünk a legjobb cselekvés szabad akarattal, a többit bízzuk a természetre.

Kényszerített evolúció, mi fog történni?

Az evolúció a vírusoktól az amőbán át a dinoszauruszokig és más fajokig halad előre

A hatalmas dinoszaurusz kihalt, de sok faj túlélte és továbblépett.

Hosszú távon a homo sapiens jött létre, és az anyaföld a legjobb jutalmat kapta.

Bár a tengerből a tengerpartra és a levegőbe repülve, a majomtól az emberig még hiányzik a láncszem...

Az evolúció a természetes szelekción keresztül történt a túlélés érdekében, hogy az ember az Édenkertben létrejöjjön.

Az evolúció nem a magasabb rendűeknél kezdődik, és visszafelé haladva egyre nagyobb a rendezetlenség.

Ez azért van, mert az univerzum entrópiája soha nem csökken az idő múlásával.

Az idő lehet illúzió, és borotvaéles különbség van múlt, jelen és jövő között.

De a jobbá válás és az előrehaladás a természet eredendő tulajdonsága és kultúrája.

Az emberi civilizációban a tűz és a kerék is a mezőgazdaság felfedezése előtt jött létre.

A születés és a halál évmilliók óta része minden élőlénynek, legyen az gyenge vagy erős.

Csak néhány fa, teknősbéka és bálna élt kényelmesen sokáig.

A tudósok most azt mondják, hogy a halhatatlanság csak a homo sapiensnek adatik meg, másoknak nem.

Senki sem tudja, mi fog történni a halhatatlanok birodalmában, az állati testvéreinkkel.

Vajon a halhatatlan emberek valaha is gyászolni fogják-e a már halott anyjukat és apjukat?

Halj meg fiatalon

A természet által az embernek adott százhúsz év az optimum.

Ez a hosszú élet a természetes kiválasztódás folyamatán keresztül jött létre.

Az emberi élettartam mesterséges növelése a természetes folyamatok felhígulásához vezethet.

Senki sem mondhatja határozottan, hogy nem lesz ökológiai pusztulás.

Csak a homo sapiensre koncentrálni, és figyelmen kívül hagyni másokat, ostoba képzelgés.

Százhúsz év elég, hogy felfedezzük a jelenlegi világot.

Ebben az életkorban, a Föld bolygón élő ember számára semmi sem marad elmondatlanul.

Eléri küldetését, céljait és eléri az önmegvalósítás stádiumát

Számára a fogyasztási cikkek vásárlása helyett a spiritualizmus lesz a fontos

A test és az elme egyensúlya, a közeli és kedves emberek távozása szkepticizmusra készteti.

A világ most egy kis hely az utazáshoz és a turizmushoz, hogy elüssék az időt

Ha az emberiség a Naprendszeren kívülre telepszik, több korban is jó lehet.

Az exobolygóra utazás közbeni relativitás fizikailag fiatalon tarthatja őket.

A több millió fényévnyi új helyen való letelepedés, az elme is erős marad

Addig is jobb, szeretni, mosolyogni, játszani, megóvni a környezetet és fiatalon meghalni.

Determinizmus, véletlenszerűség és szabad akarat

A szabad akarattal a lövés útvonalát választottam a kereszteződésben.

De a fák a vihar véletlenszerűsége miatt a kocsimra dőltek.

Előre meg volt szabva, hogy egy hétig a kórházi ágyon fekszem?

Megvolt a lehetőségem, hogy az autópályán haladjak a célom felé.

Ki és miért állította meg utazásomat ok nélkül félúton?

A mindennapi életben sokszor összezavarodunk, miért döntöttem így...

Ha más utat választottam volna, az életem jobb lett volna.

Az elme véletlenszerűsége miatt, elkerülhető helyzetbe sodortuk magunkat.

A szabad akarat is, nem mindig adja meg nekünk a legjobb elérhető utat, zavartalanul.

Még a szabad akarat mellett is a Heisenberg-féle bizonytalansági elv az egyetlen megoldás?

A fizika ismerete vagy nem ismerete, a dolgok úgy történnek, ahogyan történtek.

A legjobb autóvezető néha szokatlan autóbalesetet szenvedett, és meghalt.

Az anya és az újszülött megmentése érdekében a császármetszésnél a nőgyógyász mindig megpróbálta...

De véletlenszerűen az erőfeszítéseik és tapasztalataik nem váltak be valakinek.

Az egészséges anya halálának okait senki sem tudja megmagyarázni.

Problémák

Problémák mindenhol vannak, önmagunkban, családban, helyben, városban, államban, országban, világban és világegyetemben.

Néha két ember nem tud együtt élni, a nézeteltéréseket nem tudják feloldani.

Néha egy közös családban, ahol túl sok ember él, a nehéz problémákat ők is meg tudják oldani.

Egy kis ország kevesebb, mint egymillió emberrel éveken át küzd a szétválásért, ami ezreket öl meg.

Nagy ország milliárdos népességgel, megoldja a konfliktusokat és továbblép, elhárítja az akadályokat.

Naponta milliónyi vírussal és baktériummal találkozunk, mégis ezzel a problémával élünk.

Az ökológia és a környezet pusztulása az életünkre, további terhet ró

Mégis, elfogadjuk a változásokat, a probléma megoldására való késztetésünk nem hirtelen jött.

Az emberi DNS-ben és civilizációban lévő konfliktusmegoldó mechanizmus nagyon is helyénvaló.

Meglepő módon a háború kérdésében az emberi elme egója állandóvá teszi a konfliktusokat.

A családok felbomlottak, a testvériség elpárolgott, a kapzsiság az egekbe szökött.

De nemzetként az emberek még mindig összetartást és láthatatlan köteléket mutatnak.

A kvantum összefonódás az ellenségek közötti természeti katasztrófák során lép működésbe.

Ellenséges nemzetek a háborúkban, lehetővé teszi, hogy együtt dolgozzanak az emberiségért, a harcoló hadseregeik

A konfliktusok megoldása könnyű, feltéve, hogy a vezetők a saját szívüket használják, nem a bábukat.

Az életnek kis részecskékre van szüksége

Az élet nem lehetséges súlytalan részecske fotonok nélkül.

Élet lehetetlen negatív töltésű elektronok nélkül

Szén, hidrogén, oxigén és túl sok más elem nélkülözhetetlen az élethez.

Evolúció és biológiai sokféleség nélkül az emberi élet a Földön nem tud megvalósulni.

A környezet, az ökológia, a biológiai sokféleség mind törékeny és olyan, mint egy méhkas.

A homo sapiens azt hitte, hogy ő a Naprendszer királya.

Elfelejtjük, hogy mint minden más élőlény, a mi létezésünk is véletlenszerű.

Túl sok változó kisiklathatja az almás szekeret, mielőtt észrevennénk.

A lendület és a pozíció pontos előrejelzése lehetetlen.

Váratlan és ismeretlen dolgok történhetnek az ember írása nélkül is

Még az életünk múltja és jövője is kívül esik az irányításunkon

A földi élet változékonyabb, mint a benzin és a járőrözés.

Szeretet, testvériség, boldogság, öröm, amit könnyen megteremthetünk vagy megtörhetünk.

Hogy a világot szép és mennyei hellyé tegyük, kis fájdalmat kell vállalnunk

Különben, mint a dinoszaurusz, ebből a világból, kénytelenek leszünk csomagolni.

Fájdalom és öröm

Az öröm és a fájdalom az élet két elválaszthatatlan összetevője.

A relativitás és az összefonódás a létezés minden területén működik.

A test fájdalma az arckifejezésen keresztül is kifejeződhet.

Az elme fájdalma is tükröződhet a testben, még akkor is, ha elrejtjük.

Az elme és a test kapcsolata olyan tökéletesen összefonódik, hogy az életet meglovagolhatja

Az elme nem létezik az anyag fizikai teste nélkül.

De elme nélkül az atomok halmaza semmit sem tud jobban és jobban csinálni.

Az anyag-energia egyenlet nagyon egyszerű, de nehezen kivitelezhető.

Az elme-test összefonódás lehet egy másik hullámforma is

Az elme-test összefonódáson keresztül történő megnyilvánulásunk is véletlenszerű

A természet ismeri az anyag energiává alakításának egyszerű módját és fordítva

Ezért léteznek a csillagok, a galaxisok, az univerzum és mi mindannyian a bolygónkon.

Az anyag energiává alakításának mechanizmusa és fordítva, az élőlényekben rejlik.

Amikor az emberi civilizáció képes lesz felfedezni ezt az egyszerű trükköt...

A klorofill a fotoszintézishez a genetikai téglánk része lesz.

A fizika elmélete

A szegények és a gazdagok, a rendelkezők és a nem rendelkezők

A fizika törvényei mindenkire egyformán vonatkoznak

Minden élőlény számára az alma mindig leesik.

Bár az almafák lehetnek alacsonyak vagy magasak.

A gravitáció minden játékra ugyanaz, legyen az krikett vagy foci.

A fizika szépsége az, hogy soha nem tesz különbséget.

Nem úgy, mint a törvények, amelyek mindig megpróbálnak különbséget tenni.

A természet egyszerű, így a természeti törvények is egyszerűek, a fizika csak magyarázza őket.

Hogy az emberi agy mennyire egyszerűen érti meg, az a logika lényege.

Ahhoz, hogy megértsük a természet bármelyik törvényét, az agyunkat kell edzenünk.

A fizika legtöbb hipotézisét először számításokkal vezették le.

Így néhány természeti jelenségre egyszerű magyarázatot kaphatunk.

Az elméleteket kísérletekkel tesztelik és tévesnek bizonyulnak.

Az emberi civilizáció mindvégig elvetette őket.

Az igaz elméletek kiállták a kísérletek próbáját és megerősödtek.

Ami történt, megtörtént

Szabad akaratunktól függetlenül a dolgok másképp történnek.

Bármi is történt, nincs választásunk, hogy visszafordítsuk.

A dolgok vagy események akkor történnek meg, amikor meg kell történniük.

Nincs más választásunk, mint elfogadni a valóságot.

A technológia nem tud visszahozni minket a múltba.

A fizika azt mondja, hogy nincs különbség a múlt, a jelen és a jövő között.

Az idő mindhárom területen ugyanazok a jellemzők és ugyanaz a természet.

De az agyunk az eseményhorizonton belül a fénysebességgel van összedrótozva.

Az időnek nevezett illúzió csak a pillanatnyi helyzetünket tudja meghatározni.

Ez lehet az oka annak is, hogy sok vallás szerint az élet illúzió.

Sem a klasszikus mechanikának, sem a kvantummechanikának nincs magyarázata.

Miért van az, hogy két azonos DNS kóddal rendelkező embernek miért van különböző érzelmi kifejezése

Ha az idő illúzió, és mi egy háromdimenziós hologramban élünk...

Akkor a kérdés az, hogy hogyan és ki csinált ekkora programozást?

De a valóság az, hogy a szabad akaratunk kikényszerítésére nincs megoldás.

Miért szimmetrikusak az érzelmek?

Szegény vagy gazdag, sikeres vagy sikertelen, mindannyian alapvető részecskék halmazai.

A hatalmas királyok testében lévő atomok nem különböztek az alattvalóiétól.

Az érzelmek fajokra való tekintet nélkül ugyanazt az örömöt, boldogságot és könnyeket hoznak.

Amikor Jézust keresztre feszítették, testének fájdalma nem különbözött a többiektől.

Senki sem tudja, a vallás, a nemzetek nevében, miért ölünk meg másokat...

Még az állatok érzelmei is ugyanolyan mintázatúak és szimmetrikusak.

Amikor az emberek örömükben ölnek, az emberi érzelmek nem intellektuálisak.

Az ember soha nem gondolta, hogy az univerzumban minden ugyanabból az anyagból van.

Ezért fontos Jézus keresztre feszítése, és a civilizáció számára nem periférikus.

Az emberi élet létezéséhez az olyan érzelmeknek, mint a szeretet, a gyűlölet, a harag, racionálisnak kell lenniük.

Amikor elfelejtjük az élet szimmetriáját, és nem érezzük mások fájdalmát...

Jézus áldozata hiábavaló lesz, és az életünk őrült lesz

Az erkölcs, az etika, az emberiség mind összeomlik, ha a részecskék aszimmetrikussá válnak.

A fizika, a filozófia és a tudomány minden elmélete hipotetikus lesz.

Az élőlények létezéséhez ezen a világon nem a hasonlóság, a szimmetria elengedhetetlen.

Mély sötétségben is továbblépünk

Amikor belépek az élet mély sötétségébe

I try to strengthen my grip

Az út túl csúszós ahhoz, hogy mozogjak

A botom fontosabb, mint az imáim

Mégis, az imák mutatják az utat, mint a szentjánosbogár

Hogy előre haladjak, minden éjjel megpróbálok

Az éjszakák sosem lesznek nappalok

Ez a természet törvénye.

A sötétségben, tovább kell mennem...

Az eséstől való félelem természetes.

A szikláról leugrani, hogy véget vessen az útnak, abnormális.

A genetikai kód és az ösztönök rabszolgái vagyunk.

Továbblépni és élni még a sötétségben is alapvető dolog.

Szóval, megyek tovább és tovább, nem tudom a célomat.

De a mély sötétségben mozdulatlanul maradni nem megoldás.

A létezés játéka

A dinamikus egyensúly a megfigyelő és az alapvető részecskék között fontos.

Az alacsonyabb rendű állatok számára, akik nem látnak és nem szaporodnak szexuális úton, egy másik univerzum létezik.

Nem tudatosul bennük a szép világ sokszínű szépsége, bár érzékszervi mechanizmusuk van.

A világra és a galaxisokra vonatkozóan az alacsonyabb rendű élőlényeknek más feltevéseik lehetnek

De ők is megfigyelők a világegyetemben, a kettős rés kísérlet kétségtelenül bizonyítja ezt.

Még a vaksággal élő emberi lények között is más lesz a világ érzékelése.

Csak a saját képzeletükkel és mások hallgatásával fog kibontakozni a világegyetem.

A régi időkben a süketek hallókészülék nélkül azt gondolhatták, hogy a világ néma.

A hat vak ember elefántlátogatásának története nem csupán egy történet, hanem nagyon is helytálló.

A látható és láthatatlan világban minden furcsa módon összekapcsolódik a kvantum összefonódáson keresztül.

Számomra az univerzum nem létezik, ha egyszer meghalok, őseink számára már az univerzum sem létezik.

A megfigyelés is egy kétirányú folyamat a tér, az idő, az anyag és az energia létezéséhez.

Nélkülem, számomra, hogy a világegyetem tágul vagy zsugorodik, még csak nem is következménye

Bármilyen kicsi is vagyok, a világegyetem is megfigyelhet engem, amíg a területén létezem.

Távozásom után az, hogy a világegyetem létezik-e értem, vagy én létezem a világegyetemért, ugyanaz.

Természetes szelekció és evolúció

A természetes szelekció és az evolúció mindig az optimalizálást és a legjobb elérését szolgálja.

De a homo sapiens evolúciója után úgy tűnik, hogy a természet hosszú pihenőt tart.

A pusztítás és az építés technológiáját az ember tervezte és fejlesztette ki.

Mostanra már genetikailag módosítottuk az élelmiszert, hogy megszüntessük az éhséget, de a madárinfluenza arra kényszerített minket, hogy levágjuk a tyúkjainkat.

A nukleáris technológia az energiaellátásra és a világ elpusztítására is szolgál.

Senki sem tudja garantálni, hogy egy nap nem fog kinyílni a nukleáris gomb.

A természet könnyen meg tudta volna alkotni az emberi fejet szimmetrikusra, négy szemmel és négy kézzel.

Akkor Brutus hátbaszúrása örökre eltűnt volna az emberi civilizációból.

Lehet, hogy egy fej két szemmel és két kézzel a természet legmagasabb optimális szintje.

Az ember fiziológiai felépítésének további fejlődését a természet nem támogatja.

Hogy a géntechnikusok és a mesterséges intelligencia ezt megteheti-e vagy sem, az már etikai kérdés.

De ha a Schrödinger macskát a dobozban tartjuk, hogyan fog az emberiség logikus megoldást kapni?

Fizika és DNS-kód

Hogyan magyarázza meg a fizika és a kvantummechanika az erkölcsöt és az etikát?

Ezek fontosak az emberi életben, és az érzelmek kifejezése alapvetően fontos.

Erkölcs, etika, becsületesség, testvériség nélkül a civilizáció nem lehetséges.

Az emberi élet egy véletlenszerű kvantumpályán katasztrofális és szörnyű lesz.

A hatalomnak lesz igaza, és lehetetlen lesz megállítani az emberek megölését, egyszerűen a törvények által.

Az emberi élet sokkal összetettebb, mint azt feltételezzük és a biológiával meg tudjuk magyarázni.

Nem áll rendelkezésre egyetlen szentírásban sem a történelem, hogy hogyan lettünk majomból emberek, kronológiával együtt

Még mindig sötétben tapogatózunk, hogy feltaláljuk a rák megelőző és gyógyító orvostudományát.

A genetika és a mesterséges intelligencia örökre eltüntethet minden betegséget a világból?

Ahogy haladunk a valóság igazsága felé, egyre több a kérdés, mint a válasz.

Az élet bizonytalansága a félelem és a babona kódját írta a DNS-ünkbe.

A születés és a halál oka, a tudományos elméletekben nincs bizonyított megoldás.

A természetfeletti hatalom felé, a bizonytalansági elv inkább a meggyőződést erősíti.

Nincs alternatíva a hiedelmeinkkel együtt a fizika elméleteivel való evezéshez

Bizonyított Isten-egyenlet nélkül a DNS-kód megváltoztatására, a vallás továbbra is virágozni fog.

Mi a valóság?

A valóság csak anyagi világ, amit a szerveinkkel láthatunk és érezhetünk?

Vagy ez csupán illúzió (Maya), ahogy a vallások magyarázzák?

A kvantumfizika és az alapvető részecskék a tényleges szereplők a helyükön?

Akkor mi a helyzet a tudatunkkal és más emberi érzelmekkel?

Nos, a fizika is azt mondja, hogy a kvantumuniverzumban csak lokálisan vagyunk valóságosak;

Az élet célja, a tudat, a lélek és Isten még mindig túlmutat a fizika hatókörén.

A civilizációs tapasztalataink és tanításaink mindig fejlesztik az etikánkat.

A valóság dinamikus és különböző egy gyerek, egy fiatal és egy haldokló ember számára

Mégis, a szeretet, a gyűlölet, a féltékenység, az ego és más érzelmek genetikai kódok

Mindezek a tulajdonságok és ösztönök, tanítások és tapasztalatok sem tudnak elenyészni.

A valóság is csomagokban érkezik, mint a diszkrét kvantumrészecskék.

Tudatosság, diszkontinuitás nélkül az élet a világban nem megvalósítható

Ha a valóság illúzió, akkor egy valakik által létrehozott hologram világban élünk?

A tudomány is azt mondja, hogy a valóság fogalma nem teljes abszurditás.

Amíg nem igazolódik a párhuzamos univerzum, addig éljünk itt szeretettel, testvériséggel és empátiával.

Ellentétes erők

Az emberi élet célja, hogy minden nap boldog legyen?

Vagy csak a kényelemre és a fájdalom csökkentésére kell törekednünk?

A hosszabb élet és a vagyon felhalmozása minden célt szolgál-e?

Vagy a szépség és az igazság keresésére kell minden embernek törekednie?

Mindezek közül egyiket sem ellenezheti az ember.

Még ha le is mondunk az anyagi életről és szerzetesek leszünk...

A fájdalom, a betegségek és a szenvedés jöhet és kényszeríthet arra, hogy dudáljunk.

A szerzetes és a megvilágosodott prédikátorok is éheznek

Az emberek újra visszatérnek a normális élethez, mondván, hogy a lemondás hiba volt.

Nincs eső a földön felhők és mennydörgés nélkül.

A természet egyik alapvető ösztöne a sokféleség elősegítése.

Sokszínűség nélkül az emberek sem számíthatnak jólétre.

A proton és a neutron mellett az elektronoknak is szolidárisnak kell lenniük.

Minden emberi érzelem sem létezhet szimmetria nélkül.

Az emberi testben zajló élet titokzatos és egymást kiegészítő.

Az idő mérése

Az idő csak egy illúzió, és ezért nevezik tér-idő tartománynak, hogy megismerjük a fontosat.

A jelen pillanat létezése nagyon névleges, a méréstől függ.

A mérés lehet másodperc, mikromásodperc, nanoszekundum vagy azon túl is.

A múlt, a jelen és a jövő átfedésben van, amit a mai emberi agy nem tud felfogni.

A fizikában nincs különbség a múlt jelen és a jövő között, és a sebesség a fontos.

Az idő lehet a természet tulajdonsága a termodinamikai egyensúly érdekében az entrópia révén.

Vagy a bomlás és a halál megnyilvánulásának folyamata a hullámfüggvény összeomlásán keresztül.

A Naprendszer számára nem volt idő, mielőtt a bolygók elkezdték volna megforgatni a Napot.

Sem anyag, sem energia, sem alapvető részecske, sem hullám, és mégis az idő az igazi móka.

Mint az élőlények érzelmei és alapvető ösztönei, az idő illuzórikus, mégis úgy tűnik, az idő mindig fut.

A tér, az idő, a gravitáció, a nukleáris erők és az elektromágnesesség olyan tökéletesen keverednek egymással.

A fizikai térben az idő és más természeti tulajdonságok elkülönítése lehetetlen.

A mai időmérési rendszer csak egy ember alkotta időtáblázat.

Még a relativitáselmélet is a párhuzamos univerzumok relativitása lesz, ha valóban létezik fizikailag

Az agy felfogása és az idő mérése teljesen eltérő lehet.

Ne másolj, küldd be a saját szakdolgozatodat!

A gyors, a jelen és a jövő mind egyesül a születés pillanatában, mint egy atom.

A születés után az élet azonnal véletlenszerűvé válik, mint egy keringő, instabil elektron.

Ahogy az élet tovább halad, olyan lesz, mint a különböző színeket kibocsátó szivárványbuborék.

Lassan halad a halál völgye felé, mint egy legyőzött hadifogoly.

A múlt, a jelen és a jövő ismét egyesül, és az élet úttörőként ér véget.

A megfigyelőnek léteznie kell a világ megfigyeléséhez, mivel a halál után nincs értelme az anyag-energia, téridő.

Az életet élővé és jelentőssé tenni az egyesített pillanattól az egyesített pillanatig elsődleges

Minden anyagtalan és nincs jelentősége, ha a megfigyelő eltávozik.

Fájdalom, örömök, ego, boldogság, pénz, gazdagság, mind eltűnik és szétszakad.

Pontról pontra fontos, az élettől nem válik el a szeretet, a boldogság, az öröm és a jókedv

Ha az élet csak rezgés, ahogy a szúráselmélet magyarázza, akkor valaki gitározhat

Ugyanazt a dallamot biztosan, az örök zenész nem játszik nekünk örökké

Táncolj a dallamra, amilyen tökéletesen csak tudsz, és élvezd, amíg létezel

Az események természetes áramlását egyetlen táncos sem kerülheti el, és a kimenetelének sem tudunk ellenállni.

Kövesd a saját ikigai-t és élvezd a dallamot, és végül küldd be csodálatos szakdolgozatodat.

Az élet célja nem monolit

Az alapvető részecskék véletlenszerűségében és céltalan létezésében

Nem túl könnyű és egyszerű rájönni saját életünk és tapasztalataink céljára.

Minden pillanatban, amikor megpróbálunk előrehaladni, belső és külső ellenállásba ütközünk.

Az elme véletlenszerűen mozog, mint egy elektron, a gravitáció minden mozdulatban húzza a gravitációt

A biológiai szükségletek kielégítése érdekében az étel, a ruha és a fedél megszerzésével leszünk elfoglalva feladatot szerezve

Jó, hogy őseink feltalálták a tüzet, a kereket, a mezőgazdaságot anélkül, hogy szerzői jogokat tartottak volna fenn.

Máskülönben a fejlődés, a civilizáció nem lett volna sokszínű és színes, hanem vízhatlan

Már a régi civilizációkban is voltak olyanok, akik a fizikai szükségleten túl az élet céljai miatt aggódtak

Így a társadalom és az emberiség érdekében hipotéziseket, filozófiákat állítottak fel, hogy kiegyensúlyozzák az emberi mohóságot.

De a mai napig, az életen kívül, a tudomány és a filozófia nem tudta meghatározni, hogy mi az emberi faj célja.

Sokunk számára az élet célja a szépség és az igazság keresése, hogy megtaláljuk a saját célunkat.

A létezésünk lehet, hogy illúzió, minden ok nélkül, de a saját történetünket, gyönyörűen meg tudjuk írni...

A végén, akár megtaláljuk a célunkat, akár nem, a halál törvényének engedelmeskedve kell elmennünk.

Légy boldog és élvezd az életet szeretettel, jótékonykodással és a világot a saját hiteddel bejárva.

Egyetlen ember sem sziget, az emberi élet folyamatos fejlődésen keresztül fejlődik, a cél nem monolit.

Van-e célja a fáknak?

Van-e egy önálló fa, eredendően alacsonyabb tudatossággal rendelkezik bármilyen céllal?

Se mozogni, se beszélni nem tud, nincsenek olyan érzelmei, mint a szeretet, az ego vagy a gyűlölet.

Egyetlen szükséglete az élelem, hogy éljen, az is nyersanyag, levegő, víz és napfény, amit ingyen kap.

A klorofill segítségével a fotoszintézis során elkészíti saját táplálékát, és faként áll.

Nincs önzés, csak az ösztön, hogy éljen és utódokat szaporítson a jövő számára.

De az ökoszisztémában a fák egészének sokkal nagyobb célja van a többi állat számára.

A madaraknak, sőt a rovaroknak is magasabb tudatosságuk lehet, mint a fáknak.

Mégis, a fák nélkül a madaraknak nincs élelmük, menedékük vagy a szükséges oxigén, amit belélegezhetnek.

A magasabb rendű állat, az elefánt, amely nagy atomhalmazzal rendelkezik, nem élhet túl dzsungel nélkül.

Az együttéléshez, a fák körül, a túléléshez szükséges más élőlények struktúrái is lehetővé teszik a túlélést.

Mi, a homo sapiens, a legmagasabb szintű tudatossággal, ugyanúgy függünk a fáktól.

De a tudatunk lehetővé teszi számunkra, hogy mint legfőbb állat, szabadon kivághassuk a fákat.

Az intelligencia és a technológia segítségével képesek vagyunk saját ökoszisztémáinkat létrehozni.

Betondzsungeleket oxigénszalonokkal, mindig előnyösebb és jobb menedékhelyeket.

Az evolúcióban a fák előttünk jöttek, és ha van célunk, ebben a kérdésben a fák nem idegenek.

A régi arany marad

A tűz, a kerék és az elektromosság, az emberi civilizációt
megváltoztató felfedezések még mindig a legfontosabbak.

A jobb életminőség és a tudomány, a technológia és a civilizáció
fejlődése szempontjából mindenhatóak.

A modern civilizáció számára még mindig olyanok, mint az oxigén és
a víz, amelyek nélkül az élet nem létezhet.

A modern civilizáció szentháromsága az új technológiáktól
függetlenül mindig fennmarad.

Elektromosság nélkül a modern szükséglet, a számítógép és az
okostelefon is elpusztul.

A civilizáció is az evolúció útját követi, a legfontosabbat fedezték fel
először.

De fontosságuk láthatatlanná válik, mint a levegő az ember számára,
bár nem tud rozsdásodni.

A tűz fontosságát akkor érezzük, amikor a főzőgázpalack üres, és
nincs tűz.

Amikor a repülőgép kereke nem jön ki leszállás közben, a feszültség,
amit érzünk, ritka

Elektromosság nélkül az egész világ megáll, nincs kommunikáció,
amit megoszthatnánk egymással

A régi aranyat ér, alkalmazható még sok felfedezésre és találmányra,
ami most nem fontos az elménknek

De gondoljunk csak az antibiotikumokra, és az altatásra, amelyek
nélkül a mai egészségünk hogyan is történhetne.

A számítógép és az okostelefonok most a népszerűség és az érzékelt
impotencia csúcsán vannak.

De nem ezek jelentik a végső és legjobb megoldást a civilizáció és az emberiség számára.

Valami új és egyedülálló kütyü és technológia, előbb-utóbb a tudósok megtalálják.

Kihívás a jövő számára

A civilizáció története tele van háborúval, pusztítással és emberöléssel.

De legyőzve minden ember által teremtett helyzetet, a civilizáció nem állt meg.

A természeti katasztrófák a múltban sok virágzó civilizációt elpusztítottak.

Mégis, a fejlődés és a jobb életminőség keresésének lendülete egyre csak halad előre.

Voltak rossz királyok, akik milliókat mészároltak le, és voltak bölcsek is, mint Salamon király.

Minden felfedezést és találmányt olyan emberek tesznek, akik a fekete dobozból gondolkodnak.

Egy nap az ember képes lett sok gyilkos betegséget, mint például a himlő, kiirtani.

A modern fizika tudománya Galilei és Newton képzeletével kezdődött.

A képzelőerő fontosabb, mint a tudás, Einstein azt mondta az emberiségnek, hogy ez a lényeg.

Az univerzum tanulmányozása érdekében a tudósok a képzeletükkel mutatják meg elkötelezettségüket.

A kvantumfizika egész új világa úgy jött létre, mint egy gyönyörű vers, amely megmagyarázza a valóságot

A kvantummechanika számtalan lehetőséget nyitott meg az emberi civilizáció számára is.

Mégis több kérdésünk van az idővel, a térrel és a gravitációval kapcsolatban, mint válaszunk.

Új emberek új hipotéziseket és elméleteket alkotnak, és új kísérleteket végeznek a természet megismerése érdekében.

Ugyanakkor az ökológia, a környezet és a biológiai sokféleség egyensúlyának megteremtése nagy kihívás a jövőre nézve.

Szépség és relativitás

A világ gyönyörű, óceánokkal, hegyekkel, folyókkal, vízesésekkel és még sok mással.

A fák, madarak, pillangók, virágok, a cica, a kiskutya, a szivárvány a természet tárháza

De a szépség nem abszolút, és a természetet figyelő szemlélőtől függ

A szépség érzése generációról generációra és kultúráról kultúrára változik

És ez az, amiért a szépség relatív, és ami a legfontosabb, hogy kell egy megfigyelő.

Tudatos megfigyelő nélkül, akinek szeme van, hogy lásson és agya, hogy érezzen, a szépségnek nincs jelentősége.

Az ember számára az óceánok alatti feltáratlan és láthatatlan szépségnek sincs jelentősége.

A természet szépségének élvezete egyéni döntés, és még egy nő is lehet valakinek szebb.

Ez nem jelenti azt, hogy a homo sapiens férfiak egyáltalán nem szépek.

A szépség definíciója a férfiak és a nők számára különböző kvantum.

Dinamikus egyensúly

Évmilliókba telt, mire az anyaföld elérte a dinamikus egyensúlyt.

A Föld és az evolúció kezdete óta a természet ingaként mozgott.

Amikor a világ éghajlata elérte a dinamikus egyensúlyi állapotot és továbblépett.

Az evolúció folyamata létrehozta az intelligens állatokat, az embert.

Az ember saját koncepciót kezdett kialakítani a fejlődésről és a jólétről.

A természeti tájat, a környezetet szeszélyesen összepiszkították.

A hegyekből síkságok lettek, a víztestek lakóhelyet kaptak.

Az erdőket sivataggá alakították át, kivágva a fákat és a növényeket.

A folyókat eltömték, hogy nagy tavakká váljanak, elnyomva a növényzetet.

A víz körforgásának dinamikus egyensúlya romlani kezdett.

A globális felmelegedés az éghajlatot az illékony változás felé tolja.

Az ember által okozott szennyezés már nem a tűréshatáron belül van.

Árvizek, gleccserek olvadása, hideg viharok pusztítást okoznak.

A dinamikus egyensúly helyreállítása érdekében új technológiát kell felszabadítania a homo sapiensnek.

Senki sem állíthat meg

Senki sem állíthat meg, senki sem zavarhat meg.

A lelkem fékezhetetlen, a hozzáállásom pozitív.

Sem az ég, sem a horizont nem korlátozó tényező.

Én magam vagyok a filmem színésze és egyben rendezője is.

Az akadályok jönnek és mennek, mint a nappal és az éjszaka

De soha nem fogadtam el a vereséget az életem egyik harcában sem.

Néha, a ringben, a helyzetem szoros volt.

Mégis, visszapattantam minden erőmmel és hatalmammal.

Az emberek, akik egyszer kinevettek, mint őrültet és bolondot...

Próbáltam megkeresni a mindennapi kenyeret és vajat még most is elfoglalt vagyok.

Ha hallgattam volna a megjegyzéseikre és elfogadtam volna a vereséget.

Ma a sárba zuhanva azt mondtam volna, ez a sorsom.

Soha nem próbálkoztam a tökéletességgel, de próbáltam fejlődni

Soha nem próbáltam tökéletes lenni semmilyen dologban vagy alkotásomban.

A tökéletesség nem cél, hanem folyamatos folyamat.

Senki sem képes arra, hogy egy rózsát jobbá tegyen a természetesnél.

A természet is úton van a tökéletesség felé az evolúción keresztül.

A természet még évmilliárdok után is a jobb felé halad;

Ha csak a tökéletességre koncentrálunk, a mozgásunk lelassul.

Csak a kezünkben lévő ékszerre koncentrálunk, és tökéletes koronává csiszoljuk azt.

Sok mindent kihagytunk az életben és a változatos erdőben is az utazás során.

A tökéletesség keresése szűkíti látókörünket és korlátozza az életet a versenyen túlra

Gyakoroljuk, hogy jobbat tegyünk, ez visz a tökéletesség felé korlátozás nélkül;

Végezzük a mércét a legjobbnál jobbra, nem az abszolútra

A változás minden pillanatban megtörténik, mindenféle intimitás vagy óda nélkül.

A természet törvénye és impulzusa a változás és a holnap jobbá tétele.

Ha elérjük a tökéletességet, az igazság és a szépség keresésének útja véget ér.

Az életnek nem lesz értelme, így a világegyetem is más lesz.

A tanár

A tanár és a tanuló összefonódása olyan, mint a kvantum összefonódás.

A tanuló és a jó tanár kapcsolata állandó.

A tisztelet a tanár személyiségéből és minőségi tanításaiból fakad.

Amit egy jó tanártól tanulunk, örökre megmarad az elménkben és a szívünkben.

A tanárok napján minden szeretett és csodálatos tanárunkra emlékezünk.

A tanár iránti tiszteletet nem lehet ráerőltetni vagy kikényszeríteni a diákra.

A jellem, a viselkedés és a tanítás minősége sokkal fontosabb.

Amikor egy tanár barátjává válik, ha érzelmi és személyes problémára van szüksége.

A tanuló számára a tanár egész életében jelkép marad.

A szeretet és a tisztelet kétirányú folyamat, ennek minden tanárban meg kell jelennie.

Illuzórikus tökéletesség

A tökéletesség nehéz hajsza, illúzió és délibáb.

Ne kergesd a pillangót és ne sértsd meg a szárnyát.

Ma jobbat tenni, mint tegnap, az a könnyű megközelítés.

A tökéletesség kívánt szintjét a maga idejében éri el.

A gyakorlás a tökéletesség felé vezet, centiről centire

Az is fontos, hogy a családdal játsszunk a tengerparton.

Ez eltávolítja a pókhálókat, és segít többet gyakorolni.

Egy nap gyönyörű pillangókat találsz a homokos parton repülni.

Új dolgok létrehozása a tökéletességgel lesz a lényege

Az emberek értékelni fogják az eredményeidet, az ajtódon fognak
állni.

Ragaszkodj az alapértékeidhez

Mindig ragaszkodom az elveimhez és alapvető értékeimhez

Szóval, nem bánom, amit elszalasztottam vagy elértem.

Igazság és őszinteség, még a legrosszabb helyzetben sem hagytam el soha.

Az elkötelezettségért inkább csődbe mentem

Inkább, minthogy másokat csalárd módon becsapjak.

Az anyagi veszteségeim most már hosszú távú nyereségemnek bizonyulnak

Az igazság, az őszinteség és az elkötelezettség esernyőt nyújtott az esőben.

Az emberek kihasználták a puhaságomat anélkül, hogy ismertek volna engem.

De hosszú távon kitartottam, a kitartásom a kulcs.

Az emberek jöttek és mentek, amikor az értékeim nem támogatták őket

Kitartással és mosollyal viszem tovább birodalmam

Üres gyomorral, amikor az ég alatt aludtam, anélkül, hogy másokat hibáztattam volna

Valami láthatatlan erő mindig mögöttem áll, mint az apám

A becsületesség, a tisztesség, az őszinteség nem rakétatudomány.

Tudatunk és lelkiismeretünk kell, hogy legyen.

Értékek, amiket senki sem mérhet pénzzel vagy vagyonnal.

Az összes érték velem él, és velem tart halálomban is.

A halál feltalálása

A halál feltalálása vagy felfedezése a homo sapiens első felfedezése?

A halálnak nagyobb jelentősége van a civilizáció fejlődésében, mint a tűznek és a keréknek.

Az idő korlátozottsága arra ösztönözte az embereket, hogy a halhatatlanságra törekedjenek.

Végül az emberek rájöttek, hogy a halhatatlanná válásra tett minden erőfeszítés hiábavaló.

A civilizáció tovább és tovább haladt, felismerve, hogy a halál a végső valóság;

Buddha, Jézus és az igazság minden hirdetője ugyanúgy meghalt, mint bárki más.

Azt is tanították, hogy a világon minden valótlan, kivéve a halált.

A béke és az erőszakmentesség fontosabb az emberiség számára, mint a háború.

Mégis, a háborúmentes civilizációtól a homo sapiens messze van...

Most megint az emberek a halhatatlanságra törekednek, egy csillaghoz költöznek;

Az emberek még a halál valóságának ismerete után is veszekednek.

A halhatatlansággal, mint faj, az embereknek lehetetlen lesz integrálódni.

A nukleáris fegyverekkel a kezükben, az emberek elfelejtik a saját halálukat.

Minden élőlény elpusztítása egy nap a sorsunk lehet.

Évmilliókkal később, néhány faj teljesen ki fogja irtani a háborút és a gyűlöletet.

Önbizalom

Az önbizalom magával hozza az önbecsülést.

Önbizalom nélkül nem tudod megvalósítani az álmaidat.

Önbizalommal a tudás és a bölcsesség jobban működik

A kemény munkád együttesen fog az álom felé lökni téged.

Az álom valósággá válik, ha a jövőben megmozdulsz.

Kitartás és kitartás az önbizalommal együtt jár.

Elszántsággal könnyen legyőzhetsz minden ellenállást

Az álmaid egyre nagyobbak és nagyobbak lesznek

A hozzáállásodban, minden lépésedben, csak tedd meg kiváltja majd

A gondolkodásmódod, a teljesítményed, az eredményeid mind örökre megváltoznak.

Durvák maradtunk

Ahogy visszafelé haladunk az időben.

Nem volt minden tökéletes, nagyszerű vagy szép

A homo sapiens megjelenése egy óriási ugrás.

Ezután, évezredekig, a természet lassú folyamata...

Néha volt valami látható, hallható hangjelzés...

A homo sapiens, az evolúció mások számára, örökké aludni fog.

A világ az intelligens emberi lények hűbérbirtoka lett.

A kényelem és a szórakozás érdekében sok mindent felfedeztek.

De a természeti folyamatok sok emberi fajt kiszorítottak a gyűrűből.

A természeti erők a homo sapiens irányítása nélkül maradtak.

Így a természeti erők legyőzése érdekében az emberek lemondásra
kényszerültek.

Ahelyett, hogy a természeti erőket irányította volna, az ember
elpusztította a sokféleséget

Az ökológia és a környezet elvesztette szépségét és sokszínűségét.

Még a saját fajtársaik lemészárlása is gyakori volt.

Keresztes hadjáratok és világháborúk folytak, amelyekben milliókat
öltek meg találomra.

Jézust régen keresztre feszítették, mert békét és igazságot akart
tanítani.

De a mai napig durvák vagyunk a természettel, a környezettel, az
ökológiával és az emberiséggel szemben.

Miért válunk kaotikussá?

Béke, nyugalom, egységesség és egy világrend nem lehetséges.

A termodinamika törvényei az ok, ez nagyon egyszerű.

Ahhoz, hogy egy rendezetlen univerzumból a rend felé haladjunk, az entrópiának csökkennie kell.

De az entrópia törvénye a tudományok egyik legfontosabb koronája.

Ahhoz, hogy az alapvető részecskék rendet tegyenek, az időnek vissza kell fordulnia;

A fizikában nincs különbség múlt, jelen és jövő között.

Mindegyik ugyanaz, ha a természet tulajdonságaiból nézzük.

A jelen lehet milli-, mikro- vagy nanoszekundumos mérés.

A megfigyelő létezése az ilyen megfigyelések elvégzésében sokkal fontosabb.

A fekete energia, az antianyag, és sok más dimenzió még mindig mindenható

Az összes dimenzió ismerete nélkül is meg tudjuk magyarázni a világegyetemet, mint a vakok az elefántot.

De ahhoz, hogy a végső igazságot egyszerűen meg lehessen magyarázni, minden ismeretlen dimenzió fontos.

A kvantum valószínűség is valószínűség a téridő, anyag-energia végtelen tartományában

Ha nem tudjuk megmagyarázni és megérteni az összes láthatatlan dimenziót, hogyan tud a fizika szinergiát teremteni?

Még akkor is, ha átlépjük a fénysebesség küszöbét, hogy a galaxisok felé haladva megismerjünk mindent

Mielőtt visszatérnénk, naprendszerünk a szükséges energia hiánya miatt összeomolhat és lezuhanhat.

Élni vagy nem élni?

A tudósok és kutatók hamarosan megjósolták az emberi halhatatlanságot.

A mesterséges intelligenciával technológiai boom lesz

Az emberi test fizikai fájdalmainak és szenvedéseinek nem lesz helye.

Az élet tele lesz élvezetekkel és élvezettel, munka nélkül.

Nem lesz szükség a jövőre vonatkozó befektetésekre a spekulatív részvények piacán.

A robotok által készített ételeknek más, mennyei íze lesz.

A fizikai test, a sport és a szórakozás a legjobb lesz.

Az emberek nem fogják megérteni a munka és a pihenés közötti különbséget.

A tudósok nem jósolták meg, hogy mi lesz a nyugdíjkorhatár.

Mi fog történni azokkal az emberekkel, akik már a nyugdíjas korszakban vannak?

Nem jósolták meg az emberi érzelmeket, mint a szerelem, a gyűlölet, a féltékenység és a harag.

Több lesz-e a veszekedés és a fizikai harc, mivel a test erősebb?

Az élni vagy nem élni az egyénekre kell hagyni, nincsenek törvények a haldoklás megállítására.

De még a Halhatatlanság után is biztos vagyok benne, hogy lesznek elválások és sírás.

A nagyobb kép

Mi az én szerepem ebben az univerzumban a nagyobb képben.

Nehéz kérdés, meggyőző válasz nélkül

A létezésem céljára vonatkozó válasz már nehezebb.

Nincs konkrét válasz a tudományban és a filozófiában, ami meggyőzhetne engem.

Tovább kell lépnem és egyedül kell keresnem a végsőkig.

Senki sem fog elkísérni az igazság keresésében

Mindenki, beleértve a jobbik felemet is, más utat választott.

A tapasztalataimat és a hitemet senki sem tudja megváltoztatni, nekem kell újraindulnom.

De a biológiai agy memóriáját nehéz kitörölni és teljesen kiirtani.

Bármikor visszaeshet, minden konkrét ok és okozat nélkül.

Hacsak a hitem, tudásom és bölcsességem nem találja meg az élet okát.

Tágítsa ki a horizontját

Tágítsa ki elméje horizontját, hogy meglássa a végtelen univerzumot és lehetőségeket.

Amint kilépsz a fekete dobozodból és a komfortzónádból, meglátod a valóságot.

Sem távcső, sem távcső nem segíthet abban, hogy megérezd a végtelen univerzumot.

Az emberi lények képzelőereje az, ami képes a látóhatáron túli látomásokat kelteni.

A szem csak látja a tárgyat, de az agy csak tudományos értelemmel képes elemezni.

Ha nem engeded, hogy elméd papagája már korán kimenjen a ketrecből.

Csak néhány szót fog ismételgetni, hogy másokat szórakoztasson a környező színpadon

Ahogy kitágítod az elmédet, hogy a színes szemüveg eltávolításán túlra nézz, meg fogsz lepődni.

A látásod, hogy megnézd a galaxisokat, üstökösöket és az élet valóságát, tiszta lesz, az életedet be tudod gazolni.

Ha egyszer megvan a valódi bölcsességed, hogy megértsd a természetet, a lábnyomod, a jövő nyomát fogod követni

Az elme horizontjának kitágítása könnyű, mert a fekete doboz kulcsa a kezedben van.

Csak távolítsd el az évszázados tanítások és vallási előítéletek porát a homokban heverő kulcsról.

Ha Galilei képes hosszú időn át korod, életed, könnyen megváltoztathatod, ne félj megsértődni

Az életed, a bölcsességed, az utadat senki sem próbálja rózsaszínűvé tenni, vagy megpróbálja megérteni

Az időd ezen a bolygón véges, ezért minél hamarabb felismered, és cselekedni jó, ha kell, adj az életnek egy kanyart.

Tudom.

Tudom, senki sem sírhat, ha meghalok.

Ez nem jelenti azt, hogy ne szeressem többé az embereket.

Nem azért születtem vagy éltem, hogy a halálom után krokodilkönnyekért dolgozzak.

Inkább szeretni fogom az embereket, és a szívükben fogok élni.

Nagylelkűségemre és segítségemre valaki csendben fog emlékezni.

Tehát, az embereknek és az emberiségnek jót tenni az én prioritásom és óvatosságom.

Nincs szükségem az önző emberek hamis dicséretére az önérdekem miatt.

Inkább az ártatlan utcai kutyák és állatok segítése a tökéletes

Még a kisebb szén-dioxid kibocsátás és a faültetés is jobb hatással lesz.

A szeretetem és a jótékonyságom nem ellenszolgáltatásért vagy valaminek az elvárásáért történik.

A testvériség terjesztéséért és a békés környezet megteremtéséért teszem.

Hogy kiszorítsuk a gyűlöletet és az erőszakot a társadalomból.

Egy nap biztosan az lesz a király, aki mindenkit szeret és senkit sem gyűlöl.

Ne keressük a célt és az okot

Saját akaratunk vagy szabad akaratunk nélkül jöttünk erre a világra egy céllal.

Mégis, a születésünk többcélú volt, hogy fiú, lány, nővér vagy örökös legyünk.

A szülők, a társadalom rögzíti a célunkat, hogy megtanuljuk az őseink által felfedezett dolgokat.

A tudás, a készség és a bölcsesség keresése során életünk többcélúvá vált.

A házasságkötés és a gyermekvállalás után a család magja a mi világegyetemünkké válik.

Fiatal korunkban nem volt időnk arra, hogy életünk célján vagy értelmén gondolkodjunk.

Az anyagi javak elérése, az evés és a jó alvás a legjobb cél, amit megérdemlünk.

Ahogy öregszünk, elkezdünk gondolkodni létezésünk értelmén.

Az életünk céljára, és a megnyilvánulás okaira nem hallunk rezonanciát

A legtöbb ember boldogan hal meg anélkül, hogy ismerné a célt és az okot

Néhány célt és okot kereső számára az élet délibáb vagy börtön lesz.

Szeretem a természetet

Ahogy egyre jobban eltávolodunk a természettől...

Sok valóságot és túl sok kincset hagyunk ki az életünkből.

A légkondicionált városokban élés a jövőnk.

Megpróbáljuk megmenteni az erdőket más élőlények élőhelyéül.

De a természetet és az ökológiát a saját örömünkre pusztítjuk.

A civilizáció kezdete óta az emberek kényelmesen éltek a természettel.

De a magas épületek, az okostelefonok fejlődése ezt teljesen megváltoztatta.

Több kalóriát fogyasztottunk otthon ülve, majd a tornateremben fizetünk.

Gyors és egészségtelen ételeket fogyasztva milliók szenvednek kalciumhiányban.

Mi a jó abban, hogy száz évig élünk a modern városokban, és fizetjük a prémiumot?

Túl sokat dolgozunk azért, hogy kényelmünk és biztonságunk legyen idős korunkban.

De elfelejtjük, hogy az illuzórikus jövőért, a jelenünket ketrecbe zárva tesszük tönkre.

Jobb volt dédapánk élete, akit ma már vadembernek tartunk.

A modern technológiákkal és a természettel való egyensúlyozáshoz bátorságra van szükség.

Több évtizedig kómában élni nem igazi élet, hanem üresjárat.

Szabadon született

Amikor megszülettünk, szabadon születtünk cél, célok, küldetés és jövőkép nélkül.

Minden mozdulatunkhoz a szülők, a család és a társadalom más-más előírást ad.

Tudatunk a környezetünkből és a környezetünkből alakul ki.

Az értékrendet szintén nem a genetikai kódok adják, hanem amit a szülők, tanárok adnak nekünk

Szabadon születünk, de nem szabadon választhatunk nyelvet, hitvallást, vallást, mivel kaptárban születünk.

Elménk félelemmel, gyanakvással és a közös célok érdekében korlátozott gondolkodással növekszik.

Túl sok megosztottság befolyásolja a gondolkodásmódunkat, és minden lépésünket a többség felhívásának megfelelően kell megtennünk.

Szabadnak születtünk, de nem engedhetjük meg magunknak, hogy szabadon fejlődjünk a túléléshez szükséges eredendő hiányosságok miatt.

A homo sapiens genetikailag arra van programozva, hogy csordaszellemben éljen és szociális legyen.

És az életünk a kaszt, a vallás, a bőrszín, a vallás nevében kényszerül politikussá válni.

Ahogy felnőttkorunkban állampolgárokká válunk, szabad akaratunk lehet, sok ha és de mellett.

Ha nem követjük a játékszabályokat, az úgynevezett szabadságunkat bármikor, a társadalom bezárhatja.

Szabadnak születtünk, de a szabadságunk nem szabad korlátozás nélkül, mindenkinek követnie kell.

Ha a társadalom és a nemzet akarata ellen teszünk valami radikálisat, a szabadság buboréka kipukkad.

Az elme szabadsága egy határtalan és végtelen, ha félelem nélküli vagy és saját bizalmad van.

Az élettartamunk mindig jó

Az életünk hosszú élettartama mindig rendben van.

Feltéve, ha időben indulunk dolgozni és vacsorázni.

A barátokkal hétvégén, élvezzük és borozunk

A saját időnk az egyetlen erőforrásunk.

Mielőtt meghalunk, biztosan ragyogni fogunk;

Soha nem vettük észre a relativitást, a főiskolás éveink alatt...

Soha nem volt időnk, soha nem hallgattunk arra, amit a szüleink mondtak.

Csak a szivárványt láttuk az égen, még az esős napokon is.

Ha egyszer hatvanöt után nyugdíjba megyünk, és egyedül kezdünk élni...

A relativitás elmélete automatikusan a hormonjainkba kerül;

Azt fogjuk mondani, hogy az élet nem túl rövid és az idő nagyon gyors.

Örökké a magányos bolygón fogunk élni, és nem akarunk tovább élni.

Az élet nevű színdarabban, őszintén, hagyjuk, hogy a szerepünket mi adjuk.

Egészségünk, szerveink, mozgékonyságunk és elménk rozsdásodni kezd.

Egy napon boldogan fogunk pihenni a temetőben, port gyűjtve.

Nem sajnálom

Valaki gyűlöl engem, lehet, hogy az én hibám.

Valaki haragszik rám, lehet, hogy az én hibám.

De ha valaki irigy és féltékeny rám...

A hiba lehet, hogy nem az enyém, de rendben van.

Mégis, szeretem az összes gyűlölködőt és mosolygok rájuk

Soha nem érzem magam felsőbbrendűnek, de a kisebbrendűség érzése a saját hibájuk.

Hiábavaló intellektuális támadással próbálkoznak

De nem bosszút állni és megbocsátani, mindig elhatározom.

Nem állíthatom meg a fejlődésemet és a mozgásomat, hogy másoknak örömet okozzak.

Ez örökre megölné a kreativitásomat és a továbblépő szellememet

Szóval, kedves barátaim, nem sajnálom, és nem is tudok visszalépni.

Azt teszem, amit az emberiségért szeretek, nem a ti díjatokért.

Korán lefeküdni és korán kelni

A korán lefekvés és korán kelés egészségessé, gazdaggá és bölccsé teszi az embert.

Ez a népszerű mondás lehet igaz vagy hamis, nincs pontos tudományos adat.

Mégis a korai öt perc nagyon fontos a nap folyamán, amikor az ébresztőóra felkel.

Mielőtt arra gondolsz, hogy öt perccel elhalasztod az ébredést, gondold át háromszor is.

Az öt percből két vagy három óra lesz, minden kétséget kizáróan.

A késedelemért, hogy későn kezdje el a napi tevékenységeket, maga fog kiabálni

A mai jó munkát, amit ma kellett volna elvégezni, holnapra halasztod.

Másnap ugyanaz az öt perc még több nyomást és bánatot fog okozni Önnek.

A percek lassan napokká, hetekké és hónapokká válnak, és lassan eltelnek.

Az évszakok jönnek és mennek, ahogy szoktak, anélkül, hogy csendben szólnának neked.

Örömmel ünnepeled majd az újév napját a barátaiddal és másokkal.

Jobb, ha korán lefekszel és korán kelsz, és elkerülöd, hogy méltóságteljesen leállítsd az ébresztőt.

Az élet egyszerűvé vált

Az élet olyan egyszerűvé vált, enni, beszélgetni vagy szörfözni az okostelefonon.

A legforgalmasabb bevásárlóközpontokban vagy utcákon vagy a népszerű konyhában, ugyanaz a jelenet.

A technológia teljesen megváltoztatta az életstílusunkat és a kifejezésmódunkat.

De az etikai paradigmaváltásra a technológia nem jelent megoldást.

Az emberek individualistává és énközpontúvá válnak.

Az új civilizáció fülében a homo sapiens mellett minden faj belépett

A gravitációval és más erőkkel szemben a mozgás energiaigénye változatlan maradt.

Az éhség és a vágy alapvető ösztönök, amelyeket a technológia mind a mai napig nem képes megszelídíteni.

Élet és halál, küzdelem a túlélésért és a jobb életért, még mindig ugyanaz a játék.

A technológia folyamatos folyamat az egyszerű életért, a zűrzavarért mi vagyunk a felelősek.

A hullámfüggvény vizualizációja

A kvantum- vagy elemi részecskék világa éppoly különös, mint a kozmosz.

Mint a több millió fényévre lévő csillagok, nem láthatunk szemmel egyetlen kvantumrészecskét sem.

Bár az elemi részecskék jelen vannak minden anyagban, amit látunk, érzünk és megérintünk.

Agyunk mechanizmusa korlátozott, és csak közvetett módszerrel láthat vagy érezhet.

A foton vagy az elektron összefonódásának fogalma szintén közvetett megfigyelés;

Egy pár cipő analógiáján keresztül magyarázzák el nekünk az összefonódás fogalmát.

De a csésze és az ajak közötti eredendő bizonytalanság mindig megmarad a részecskéknél.

A részecskék különböző módon egyesülnek a világegyetemben, hogy a látható anyagokat alkossák.

Mégis, hogy a gyönyörű proton, neutron, elektron és foton nyakigláb szemmel nem lehetséges látni

Csak kísérletekkel lehetséges megismerni az elemi részecskék tulajdonságait;

A Holdról vagy a legközelebbi bolygókról szerzett ismereteink még nem átfogóak és teljesek

Az elemi részecskék, a világegyetem és a kozmosz megismeréséhez senki sem tud időkorlátot szabni.

A civilizáció kénytelen tanulni, elsajátítani és megtanulni új elméleteket és hipotéziseket.

De a tudat, az elme és a lélek megismerése az ember számára még mindig illuzórikus és alapvető.

Egy nap biztosan megtaláljuk a tudat hullámfüggvényének összeomlását, semmi sem korlátozhatja.

Nyolc milliárd

Szerelem, szex, Isten és háború határozza meg a civilizáció ökoszisztémájának sorsát.

A környezet és az ökológia fontos ahhoz, hogy az éghajlat dinamikus egyensúlyban legyen.

A technológia kétélű kard, bölcsességünk szerint építhet vagy rombolhat.

A technológiai fejlődésnek a szerelem, a szex, Isten és a háború nem szabhat gátat.

Szerelem és szex nélkül az evolúciós folyamat fejlődés nélkül megállt volna.

A Ramayana, Mahabharata, keresztes hadjárat, világháborúk azt mondták, hogy sebészi megoldás lehet.

De ma a technológia új utakat, bölcsességet és új irányt ad az emberiségnek.

Ugyanakkor a technológia a környezetet és az ökológiát a pusztulás felé tereli.

Isten nem tudta egyesíteni az emberiséget kaszt, hitvallás, bőrszín, határok és vallás felett.

Csak a szerelem és a szex egyesíti az embereket, mint embereket, és segített abban, hogy nyolcmilliárdan legyünk.

Én

A létezésem lényegtelen a világ, a naprendszer és a galaxisunk számára.

Mert én csak a rendetlenséghez járulhatok hozzá, és növelhetem a rendszer entrópiáját.

Nincs mód és lehetőség arra, hogy a rendezetlenséghez való hozzájárulásomat visszafordítsam.

Az energia és az anyag megfontolt felhasználása életünk során úgy tekinthetjük.

Nem áll rendelkezésre olyan technológia, amellyel megszabadulhatnánk a termodinamika törvényeitől az entrópia csökkentése érdekében.

Az egyetlen dolog, amit tehetek, hogy csökkentem a környezetszennyezést és a szénlábnyomomat ezen a bolygón.

Terjeszthetem a mosolyt, a szeretetet és a testvériséget homo sapiens társaim között.

Az emberek tudatosan pusztítják a gyönyörű bolygó növény- és állatvilágát.

Úgy érezzük, hogy azért jöttünk erre a bolygóra, hogy elfogyasszuk és elpusztítsuk a természeti erőforrásokat.

De ez visszafordíthatatlanul megváltoztatta a globális éghajlatot és annak jövőbeli alakulását.

A technológia más, hatékony és újrahasznosítható energiaforrásokat adhat nekünk.

Mégis, az entrópia növekedése egy napon megsemmisítő erőkkel fog robbanásszerűen hatni.

A kényelem mámorító

A kényelem mámorító és addiktív

Az élelem és a menedék iránti vágy csábító.

De a komfortzónában kevésbé vagyunk produktívak.

A tudósok soha nem tudnak új dolgokat feltalálni, ha a komfortzónában élnek.

A feltaláláshoz egyedül kell elmenniük a mélytengerre vitorlázni.

Az emberek élelem, menedék és ruha iránti vágyai a parton tartják őket.

Az intelligensek hamarosan rájöttek, hogy a vándorlás és a lendület a lényeg.

A bátrak kijöttek a kényelemből, és a tenger morajlását figyelmen kívül hagyva úszni kezdtek.

Az új dolgok felfedezése és a kísérletezés iránti vágy a találmányok lényege.

A civilizáció a vándorlásnak köszönhetően fejlődött és haladt előre.

Nincs biztonságos menedék a bizonytalan világban.

A komfortzóna iránti vágyat a kvantum valószínűség is korlátozza.

Szabad akarat és cél

Az élet célja, hogy élj, élni hagyj és szaporodj?

Vagy az élet célja a DNS kód kollektív védelme?

Lehetőségünk van arra, hogy ne reprodukáljuk magunkat, és megmaradjunk szingliként.

A genetikai kód védelméhez egy háromszögnek kell lennie.

Apa, anya és gyerekek nélkül a kód meghajlik.

A szabad akarat mindig szerepet játszik a döntésekben.

De a szabad akarat bizonytalansággal és változókkal jár.

A jövő területén a szabad akarat célja megnyomorítja a szabad akaratot.

Kövesd az intuíciódat, és csak hajtsd végre az akaratodat a szabály egyszerű

Még ha a szabad akaratod és a célod soha nem is integrálódik, légy alázatos.

A két típus

Csak kétféle embertípus van ebben a világban, akikkel dolgozni szoktunk.

A pesszimista, aki nem kezdeményez, és az optimista, aki mindig mozgásban van.

Aki csak csinálja, anélkül, hogy sokat gondolkodna, és aki hagyja, hogy holnapra halasszuk.

Az egyik típus pozitív hozzáállással, a másik típus negatív hozzáállással.

Ha túl sokat gondolkodunk és elemezzük az eredményeket, akkor lehetetlen belevágni.

A nap végén, és végül az élet végén, üres lesz a szekerünk.

Vegyük le a horgonyt, és kezdjünk el vitorlázni anélkül, hogy a jövő viharaira gondolnánk.

Ha a végtelenségig vársz a tiszta égre, soha nem érheted el a sztárságot.

Fogadd el a valóságot, hogy az élet csak véletlenszerű kvantum valószínűség.

Értékeljük a tudósokat

Értékeljük azokat a tudósokat, akik kibontakoztatják a kvantumvilágot...

A kvantumrészecskéket érzékszerveinkkel sem látni, sem érezni nem tudjuk.

De az agyunk képes megérteni és vizualizálni.

A tudomány hosszú utat tett meg a természet kibontása és megértése érdekében.

Mégsem tudjuk, hol állunk, a végpont túl messze vagy nagyon közel van;

A tudósok sok álmatlan éjszakát töltöttek hipotézisek megfogalmazásával.

Később sokuk kiállta a szigorú teszteket, és elméletté vált.

Schrödinger macskája most egy kvantumugrással kikerült a dobozból, és a természetbe költözik.

A kvantumszámítógépekkel a tudósok új lehetőségeket fedeznek fel a jövőben

A valóság még mindig illúzió az emberi agy, elme, tudat számára, bár új kultúrába léptünk.

Élet a vízen és az oxigénen túl

A kozmosz határtalanul végtelen, és még mindig tágul.

De néha a kozmoszról való gondolkodásunk, mi magunk is korlátozzuk a világegyetemet.

Az élet lehetséges a szénen, oxigénen és hidrogénen túl a végtelenben.

Létezhet tudatos élet, amely képes közvetlenül a csillagokból energiát venni.

Oxigén és víz kell az élethez, más galaxisokban nem biztos, hogy ez a valóság.

A Föld nevű bolygónkon létező életforma lehet magányos.

Mégis, ugyanilyen típusú élet több milliárd fényévnyi távolságban is jó eséllyel létezik.

Mivel a természet szereti a sokféleséget, így máshol is lehetséges a különböző életformák megjelenése.

De a mi fizikánkkal és biológiánkkal ez a fajta élet nem biztos, hogy összeegyeztethető.

Lehetséges, hogy az élőlények más világegyetemekben közvetlenül elnyelik az energiát.

A sötét energiával kapcsolatban még mindig sötétben tapogatózunk, és a fény határain belülre korlátozódunk.

A távoli galaxisokban lévő különböző életformák számára azonban a sötét energia fényes lehet.

Amint átlépjük a fénysebesség határát, és olyan sebességgel utazunk, ahogyan szeretnénk...

Az exobolygók keresése más galaxisokban egyszerű és tisztességes lesz.

Addig a tudománynak nem szabad ítélkeznie és leírnia más rétegeket.

Víz és föld

Föld bolygónk háromnegyede víz alatt van

Csak egynegyedén élünk mi, a homo sapiens.

Az óceánok alatti világ még mindig feltáratlan.

Az emberiség a talaj erőforrásait kihasználja, amennyire csak bírja.

Hála Istennek, a mélytengeri kutatás még mindig nehézkes.

Könnyebb és kényelmesebb a világűr felfedezése.

Ezért van az, hogy még a Holdon is építenek kolóniákat, és ez a' verseny...

Bár a Szahara sivatag még mindig rejtélyes a mai civilizáció számára...

Mi inkább a Holdon lévő földek megszerzéséért aggódunk, és elkezdjük az építkezést.

A világ népességének többsége még mindig nincs lakhatási megoldás.

Szükség van a világűr és a közeli atomok felfedezésére.

De az emberiség számára kötelezően meg kell adni a túlélés lehetőségét.

A civilizáció a fejlődés és a jólét érdekében szeretettel indult el az útjára.

Azonban a homo sapiens és a többiek közötti egyensúly elveszítette integritását.

Az emberi faj túlélése érdekében őszintén egyensúlyt kell teremtenünk a környezet és az ökológia között.

A fizikának vannak felharmonikusai

Több ezer év telt el a mezőgazdaság felfedezése óta

A földművesek még mindig művelik a földjüket, és rizst és búzát termesztenek.

Az öreg halász kimegy a tengerre halat fogni és eladni a piacon.

A cowboy és a cowgirl a nagyapjától tanult régi dallamot énekel.

Nem aggódnak a mesterséges intelligencia vagy a földönkívüliek miatt, akikről hallottak.

A kvantum összefonódás vagy az exobolygó a távoli égbolton nem fontos számukra.

Inkább az aszály és a kiszámíthatatlan éghajlat aggasztja őket a termésük miatt.

A vegyszeres műtrágyák korlátlan használata csökkentette a talaj termőképességét.

Több milliárd ember még mindig az esővíztől függ.

A gyenge esőzések szegénységbe és éhezésbe taszíthatják gyermekeiket.

A tudomány mégis egyre mélyebbre és mélyebbre hatol az atomok és galaxisok felfedezésében.

A tudomány a természetet követi és kutatja, és nem a természet kutatja a tudományt.

Az univerzum nem a fizika törvényeinek megírása után jött létre.

A matematikai ismeretek alapvetőek voltak, és ismertük a bolygódinamikát.

A természet felfedezésében a fizikán keresztül minden lehetőség megvan a harmóniákra.

Tudomány a természet területén

A fizikában sok matematikai egyenletünk van a természet
magyarázatára.

De nincs olyan egyenlet, amivel pontosan ki lehetne számítani a halál
időpontját a jövőben.

Vannak, akik fiatalon, egészségesen halnak meg, és vannak, akik
nyomorúságosan megöregedve.

Nincsenek egyenletek, miért van az, hogy a szabad akarat és az
odaadó munka eredményt hoz?

A földrengés pontos előrejelzésére is rendelkezésre állnak egyenletek.

A természeti katasztrófák és a világjárványok előrejelzése is
valószínűsíthető.

De szükségünk van egy egyszerű egyenletre a házasság
kompatibilitására és fenntarthatóságára.

A tudományos előrejelzéseknek száz százalékos pontosságúnak kell
lenniük, hiba nélkül.

Különben a gyenge emberek körében az asztrológusok mindig
rémületet fognak kelteni.

A tudomány nem egy fekete doboz, mint a több ezer évvel ezelőtt írt
vallási szövegek.

A fekete doboz szindróma miatt sok tudósnak le kellene vetkőznie az
egóját.

Minden lehetőséget és valószínűséget fel kell tárni az igazság keresése
érdekében.

Bizonyíték nélkül egyszerűen babonának nevezni néhány hiedelmet és
értéket durva dolog.

A tudomány a természet és Isten területén mindig a jobb holnapért és
a jóért van.

Fejlődő hipotézisek és törvények

A fizika, a metafizika hipotézisei és törvényei az idővel fejlődnek.

Az ősrobbanás előtt különböző törvények szabályozhatták a világegyetemet.

De számunkra a fizika és a természet törvényei csak az idő területén jöttek létre.

Az idő lehet illúzió vagy a múltból a jelenbe a jövőbe való mozgás, ami fontos a megfigyelő számára.

Az idő tartománya nélkül nincs értelme a törvényeknek vagy célunk valaha is.

A technológia követi a fizikát az evolúcióval a homo sapiens jobb életminősége érdekében.

De a Föld bolygó többi élőlénye számára a fizika és a technológia idegenek.

Még az óceánok és tengerek alatt élő háromnegyedik embernek sincs tudomása a fizikáról.

Mégis kényelmesen és boldogan élnek anélkül, hogy ismernék a matematikát.

Az ő utazásuk és életük is csak az idő területén zajlik, nem törődve a statisztikával.

Mi, az intelligens teremtmények, mindent irányítunk a természetben.

De a fejlődés és a haladás folyamatában, a természettel nem törődtünk.

A kozmológia és az elemi részecskék ismerete nem elég mindenkinek a maga részéről

Ökológiai egyensúly és kedvező környezet nélkül egy nap az emberi élet ritka lesz.

A tudósok hozzák egyensúlyba az evolúció folyamatát a találmányokkal, ami mindenki számára igazságos.

A szerzőről

Devajit Bhuyan

DEVAJIT BHUYAN, aki szakmáját tekintve villamosmérnök és szívből jövő költő, angolul és anyanyelvén, az asszamai nyelven is ért a költészethez. Az indiai Mérnöki Intézet (Institution of Engineers) és az indiai közigazgatási személyzet kollégiumának (ASCI) tagja, valamint az "Asam Sahitya Sabha", Assam, a tea, az orrszarvú és a Bihu földje legmagasabb irodalmi szervezetének élethossziglani tagja. Az elmúlt 25 év során több mint 110 könyvet írt, amelyeket különböző kiadók több mint 40 nyelven adtak ki. Kiadott könyvei közül körülbelül 40 asszam nyelvű verseskötet és 30 angol nyelvű verseskötet. Devajit Bhuyan költészete mindent felölel, ami a Föld nevű bolygónkon elérhető és a Nap alatt látható. Verseket írt az emberről, az állatokról, a csillagokról, a galaxisokról, az óceánokról, az erdőkről, az emberiségről, a háborúról, a technológiáról, a gépekről és minden elérhető anyagi és absztrakt dologról. Ha többet szeretne megtudni róla, látogasson el a www.devajitbhuyan.com oldalra, vagy nézze meg YouTube-csatornáját @careergurudevajitbhuyan1986.